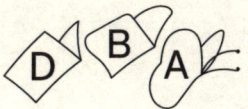

Samantha Harvey

Orbital

Tradução

Adriano Scandolara

Copyright ©2023 by Samantha Harvey
© 2025 DBA Editora
1ª reimpressão, 2025

PREPARAÇÃO
Silvia Massimini Felix

REVISÃO
Eloah Pina
Carolina Kuhn Facchin

EDITORA ASSISTENTE
Nataly Callai

DIAGRAMAÇÃO
Letícia Pestana

ILUSTRAÇÃO DA CAPA
Aino-Maija Metsola

DESIGN DO MAPA
Emma Lopes

Todos os direitos reservados à DBA Editora.
Alameda Franca, 1185, cj 31
01422-005 — São Paulo — SP
www.dbaeditora.com.br

Dados Internacionais de Catalogação na Publicação (cip)
(Câmara Brasileira do Livro, sp, Brasil)
———
Harvey, Samantha
Orbital / Samantha Harvey ; tradução Adriano Scandolara.
São Paulo : Dba Editora, 2025.
Título original: Orbital
ISBN 978-65-5826-105-6
1. Romance inglês I. Título.
CDD-823   25-256864
———
Índices para catálogo sistemático:
1. Romances : Literatura inglesa 823
Eliane de Freitas Leite - Bibliotecária - CRB 8/8415

Vinte e quatro horas de órbitas ao redor da Terra durante o período diurno no hemisfério Norte

SUMÁRIO

ÓRBITA MENOS 1	11
ÓRBITA 1, EM ASCENSÃO	15
ÓRBITA 1, RUMO À ÓRBITA 2	23
ÓRBITA 3, EM ASCENSÃO	31
ÓRBITA 3, EM DESCENSÃO	39
ÓRBITA 4, EM ASCENSÃO	43
ÓRBITA 4, EM DESCENSÃO	59
ÓRBITA 5, EM ASCENSÃO	67
ÓRBITA 5, EM DESCENSÃO	85
ÓRBITA 6	93
ÓRBITA 7	99
ÓRBITA 8, EM ASCENSÃO	109
ÓRBITA 8, EM DESCENSÃO	117
ÓRBITA 9	123
ÓRBITA 10	129
ÓRBITA 11	149
ÓRBITA 12	155
ÓRBITA 13	157
ÓRBITA 14, EM ASCENSÃO	163
ÓRBITA 14, EM DESCENSÃO	165
ÓRBITA 15	171
ÓRBITA 16	181
AGRADECIMENTOS	191

ÓRBITA MENOS 1

Em rotação ao redor da Terra na sua espaçonave, eles estão tão juntos e tão sozinhos que mesmo seus pensamentos, suas mitologias internas, por vezes convergem. Às vezes sonham os mesmos sonhos — de fractais e esferas azuis e rostos familiares engolidos pela escuridão, e do breu radiante e energético do espaço que agride os sentidos. O espaço puro é uma pantera, feroz e primitiva; eles sonham que ela ronda seus alojamentos.

Pendem em sacos de dormir. A um palmo de distância, por trás de uma casca metálica, o universo se desdobra em eternidades. O sono começa a ficar rarefeito, surge uma distante alvorada terrena e seus notebooks piscam com as primeiras mensagens silenciosas de um novo dia; a estação, completamente desperta, sempre desperta, vibra com filtros e ventoinhas. Na cozinha de bordo ficam as sobras do jantar da noite passada — garfos sujos presos por ímãs à mesa e hashis acomodados num saco na parede. Quatro balões azuis flutuam no ar circulante, e uma bandeirola de papel laminado diz *Feliz aniversário*. Embora não fosse o aniversário de ninguém, eles estavam comemorando, e isso era tudo que tinham à mão. Há uma mancha de chocolate numa tesoura e uma luazinha de feltro pendurada num barbante, amarrada às alças de uma mesa dobrável.

Do lado de fora, a Terra rodopia para longe em uma massa de luar, se retirando enquanto eles avançam rumo às suas fronteiras sem fronteiras; os tufos de nuvens que atravessam o Pacífico iluminam o oceano noturno até assumir um tom de cobalto. Agora se vê Santiago, no litoral sul-americano que se aproxima num ardor nublado de ouro. Os alísios, invisíveis do outro lado das cortinas fechadas, soprando pelas águas mornas do Pacífico Oeste, despertam uma tempestade, um motor de calor. Os ventos retiram o calor do oceano que se acumula em nuvens que coagulam e ganham massa até começarem a girar em pilares verticais formando um tufão. Enquanto o tufão se desloca rumo ao oeste, na direção do sul da Ásia, a nave segue para o leste, para o leste e para baixo, rumo à Patagônia, onde o cambalear de uma aurora distante envolve o horizonte numa cúpula neon. A Via Láctea é um rastro esfumaçado de pólvora, disparado contra um céu de cetim.

A bordo da nave, é manhã de terça, quatro e quinze, começo de outubro. Lá fora é Argentina é Atlântico Sul é Cidade do Cabo é Zimbábue. Por cima do ombro direito, o planeta sussurra bom-dia — uma brecha esguia de luz derretida. Eles deslizam pelos fusos em silêncio.

Todos em algum momento foram disparados rumo ao céu numa bomba de querosene, atravessando depois a atmosfera numa cápsula em chamas com o equivalente ao peso de dois ursos-negros em cima deles. Enrijeceram as costelas contra essa força até sentirem os ursos recuarem, um após o outro, e o céu se tornar espaço, a gravidade diminuir, e os cabelos ficarem eriçados.

São seis, num grande H feito de metal que paira acima da Terra. Todos giram de ponta-cabeça, quatro astronautas (dos Estados Unidos, do Japão, da Inglaterra e da Itália) e dois cosmonautas (da Rússia e da Rússia); duas mulheres, quatro homens, uma estação espacial composta de dezessete módulos conectados, a vinte e oito mil quilômetros por hora. São os seis mais recentes de muitos, já não há nada de incomum nisso, astronautas de rotina no quintal da Terra. O fabuloso e improvável quintal da Terra. Girando de ponta-cabeça na lenta deriva do seu embalo, da cabeça ao quadril à mão ao calcanhar, girando e girando com os dias. Os dias passam voando. Cada um ficará aqui uns nove meses, mais ou menos, nove meses à deriva sem gravidade, nove meses com a cabeça inchada, nove meses morando numa lata de sardinhas, nove meses olhando a bocarra escancarada da Terra, e depois voltarão ao planeta paciente lá embaixo.

Alguma civilização alienígena poderia observar e perguntar: o que estão fazendo aqui? Por que não vão a lugar algum e ficam só dando voltas e mais voltas? A Terra é a resposta para todas as perguntas. A Terra é a face de uma amante em êxtase; eles a observam dormir e acordar e se perdem nos seus hábitos. A Terra é uma mãe esperando os filhos voltarem, cheios de histórias, arrebatamentos e saudades. Os ossos um pouco menos densos, os membros um pouco mais delgados. Os olhos repletos de visões difíceis de descrever.

ÓRBITA 1, EM ASCENSÃO

Roman acorda cedo. Despe-se do saco de dormir e sai nadando no escuro até a janela do laboratório. Onde estamos, onde estamos? Onde neste mundo. É noite e há terra à vista. Insinua-se no campo de visão uma gigantesca nebulosa urbana em meio a um nada vermelho-ferrugem; não, duas cidades, Johannesburgo e Pretória, entrelaçadas como uma estrela binária. Logo além do aro da atmosfera está o Sol, e daqui a um minuto ele vai atravessar o horizonte e inundar a Terra, a alvorada vai chegar e partir em questão de segundos até a luz do dia estar em todos os lugares ao mesmo tempo. A África Oriental e a Central de súbito quentes e radiantes.

Hoje é o quadringentésimo trigésimo quarto dia dele no espaço, uma contagem acumulada ao longo de três missões diferentes. Ele não perde a conta. Só dessa missão já é o dia oitenta e oito. Numa única missão de nove meses há um total de quinhentas e quarenta horas, mais ou menos, de exercícios matinais. Quinhentas reuniões de manhã e de tarde com as equipes estadunidenses, europeias e russas em solo. Quatro mil trezentas e vinte alvoradas, quatro mil trezentos e vinte crepúsculos. Quase cento e setenta e dois milhões e oitocentos mil quilômetros viajados. Trinta e seis terças-feiras, em tempo, esta sendo uma delas. Quinhentas e quarenta vezes tendo que engolir pasta de dente. Trinta e seis mudas de camiseta, cento e trinta e cinco mudas de roupa íntima (trocar a roupa íntima todos os dias é um luxo que não pode ser oferecido), cinquenta e quatro pares limpos de meias. Auroras, furacões, tempestades — desconhecidos seus números, mas sua ocorrência é garantida. Nove ciclos completos, claro, da Lua, sua companheira prateada que avança placidamente por suas fases enquanto os dias desandam. Em todo caso, a Lua é avistada várias vezes ao dia e às vezes em estranha distorção.

À contagem, marcada num papel no seu alojamento, Roman somará a octogésima oitava linha. Não por querer que o tempo passe logo, mas para tentar ancorá-lo em algo contável. Do contrário... do contrário, o centro se desloca. O espaço retalha o tempo em pedacinhos. Isso lhes foi dito durante o treinamento: mantenham uma contagem todo dia ao acordarem, digam a si mesmos *esta é a manhã de um novo dia*. Sejam claros quanto a isso. Esta é a manhã de um novo dia.

E assim é, mas neste novo dia eles vão dar a volta em torno da Terra dezesseis vezes. Verão dezesseis alvoradas e dezesseis crepúsculos, dezesseis dias e dezesseis noites. Roman agarra o corrimão ao lado da janela para se firmar; as estrelas do hemisfério Sul estão fugindo. Vocês seguem o Tempo Universal Coordenado, dizem-lhe as equipes em solo. Sejam claros consigo mesmos quanto a isso, sempre claros. Olhem para o relógio com frequência para ancorarem a mente, digam a si mesmos ao acordarem: esta é a manhã de um novo dia.

E assim é. Mas é um dia de cinco continentes e de outono e primavera, geleiras e desertos, selvas e zonas de guerra.

Nas suas rotações ao redor da Terra, em acumulações de luz e escuridão na aritmética atordoante de impulso e atitude, velocidade e sensores, o estalo da alvorada chega a cada noventa minutos. Eles gostam desses dias em que o breve desabrochar de uma manhã lá fora coincide com a deles.

    Nesse último minuto de escuridão, a Lua está quase cheia e baixa no brilho da atmosfera. É como se a noite não fizesse ideia de que está prestes a ser obliterada pelo dia. Roman se percebe daqui a alguns meses olhando pela janela do quarto em casa, tirando da frente o arranjo de — inomináveis, para ele — flores secas que a esposa fez, abrindo as folhas enrijecidas da janela, cobertas de condensação, e inclinando-se para o ar de Moscou, vendo-a, a mesma Lua, como um suvenir trazido de férias em algum lugar exótico. Mas é só por um momento e então a visão dessa Lua da estação espacial — jazendo baixa e esmagada além da atmosfera, não acima deles na verdade, mas de frente, como de igual para igual — ocupa todas as coisas e aquela breve compreensão que ele teve do seu quarto, do seu lar, desaparece.

Quando Shaun tinha quinze anos, houve uma aula na escola sobre o quadro *Las meninas*. Era sobre como a pintura deixa desorientado quem a observa, de modo que a pessoa não tem como saber o que está vendo.

    É uma pintura dentro de uma pintura, como explicou a professora — olhem de perto. Olhem aqui. Velázquez, o artista, está na pintura, com seu cavalete, pintando uma pintura, e o que ele está pintando são o rei e a rainha, mas os dois estão de fora da pintura, onde estamos nós, olhando de fora para dentro, e o único modo de sabermos que os dois estão ali é porque conseguimos ver o reflexo deles no espelho diretamente à nossa frente. O que o rei e a rainha estão vendo é o que nós estamos vendo — a filha e suas damas de companhia, que é de onde vem o título — *Las meninas*, "as damas de companhia". Então, quais os verdadeiros modelos da pintura — o rei e a rainha (que estão sendo pintados e cujos rostos brancos refletidos, embora sejam pequenos, são vistos ao centro, no fundo da cena), a filha deles (que é a estrela ao centro, tão radiante e loira na escuridão), suas damas (e anões e chaperones e cachorro) de companhia, o homem furtivo flagrado atravessando o limiar ao fundo e que parece estar trazendo uma mensagem, Velázquez (cuja presença como pintor é declarada pelo fato de estar na pintura, com seu cavalete, pintando o que é um retrato do rei e da rainha, mas que também poderia ser o próprio *Las Meninas*), ou será que somos nós, os espectadores, que ocupamos a mesma posição que o rei e a rainha, que estão olhando de fora para dentro e sendo olhados por Velázquez e pela princesa infanta ao mesmo tempo e, no reflexo, pelo rei e pela rainha? Ou será que o tema é a arte em si (que é um conjunto de ilusões e truques e artifícios dentro da vida) ou a vida em si (que é um conjunto de ilusões e truques e artifícios dentro de uma consciência que está tentando compreender a vida por meio de percepções e sonhos e arte)?

Ou — disse a professora — será que é apenas uma pintura sobre nada? Apenas uma sala com algumas pessoas e um espelho?

Para Shaun, que aos quinze não tinha vontade de fazer aula de arte e já sabia que queria ser piloto de caça, isso era o cúmulo da futilidade. Ele não gostava daquela pintura específica e não se importava com seu tema. Provavelmente, sim, era apenas uma sala com gente e um espelho, mas ele nem se importava o suficiente para levantar a mão e falar isso. Estava desenhando rabiscos geométricos no caderno. Depois desenhou um enforcado. A garota sentada ao lado dele reparou nos rabiscos e o cutucou, ergueu a sobrancelha e sorriu, um sorrisinho fugidio, e quando virou sua esposa, muitos anos depois, ela lhe deu um cartão-postal de *Las Meninas*, que representava, para ela, um emblema da primeira interação verdadeira entre os dois. E quando, anos mais tarde, ele estava longe, na Rússia, preparando-se para viajar ao espaço, ela escreveu com uma letra miúda no verso do cartão-postal um resumo de tudo que a professora havia dito naquela aula, que ele já tinha esquecido completamente, mas que ela lembrava com uma lucidez que não o surpreendia, porque sua esposa era o ser humano mais sagaz e mais lúcido que ele já conheceu na vida.

    Shaun mantém esse cartão-postal no seu alojamento. Naquela manhã, ao acordar, ele se flagra olhando para ele, com todas as possibilidades de tema e perspectiva que a esposa escreveu no verso. O rei, a rainha, as damas, a garota, o espelho, o artista. Vê-se admirando-o durante mais tempo do que se dá conta. Tem a sensação duradoura de um sonho inacabado, algo de selvagem nos pensamentos. Quando sai do saco de dormir e veste a roupa de ginástica para ir à cozinha de bordo tomar um café, ele avista a distinta ponta norte de Omã, cutucando o golfo Pérsico, nuvens de poeira sobre o azul-marinho do mar da Arábia, o grande estuário do rio Indo, a região que ele sabe que é Karachi — invisível agora à luz do dia, mas à noite uma malha cruzada e complexa que o lembra dos rabiscos que fazia.

Segundo a métrica arbitrária de tempo que usam aqui em cima, onde o tempo é desfigurado, são seis da manhã. Os outros estão acordando.

Eles olham para baixo e compreendem o porquê de ela ser chamada de Mãe Terra. Todos sentem isso de tempos em tempos. Todos traçam uma associação entre a Terra e uma mãe, o que, por sua vez, faz com que se sintam como crianças. Com seu balanço e visual andrógino, imberbe, seus shorts padronizados e a comida de colher, o suco tomado de canudinho, a decoração de aniversário, o dormir cedo, a inocência forçada dos dias de serviço, todos aqui em cima têm momentos em que seu lado astronauta é obliterado e chega uma sensação potente de infância e pequeneza. A figura parental assoma, sempre presente, do outro lado da cúpula de vidro.

E ainda mais agora. Desde que Chie veio à cozinha de bordo na noite de sexta-feira, onde estavam fazendo o jantar, e pálida de choque disse, Minha mãe morreu. Shaun soltou seu pacote de macarrão, de modo que ele saiu flutuando acima da mesa, e Pietro nadou um metro para vir na direção dela, baixou a cabeça e pegou suas mãos numa coreografia tão fluida que parecia ensaiada, e Nell murmurou algo indecifrável, uma pergunta — O quê? Como? Quando? *O quê?* —, e observou o rosto pálido de Chie se ruborizar de carmim de repente como se a enunciação daquelas palavras tivesse trazido calor ao seu luto.

Desde que receberam essa notícia, eles se flagram olhando para baixo, para a Terra, enquanto dão voltas ao seu redor (ao léu, aparentemente, embora isso não seja verdade de jeito nenhum), e lá está a palavra: mãe mãe mãe mãe. A única mãe de Chie agora é aquela esfera que rola e reluz e se atira involuntariamente ao redor do Sol uma vez por ano. Chie virou órfã, seu pai morreu há uma década. Essa esfera é a única coisa responsável por lhe dar a vida para a qual ela pode apontar agora. Não há vida sem ela. Sem esse planeta, não há vida. Óbvio.

Pense algo novo, às vezes eles dizem a si mesmos. Os pensamentos que se tem em órbita são tão grandiloquentes e antigos. Tenha um pensamento novo, um pensamento completamente original e jamais concebido.

Mas não há novos pensamentos. São apenas os velhos nascidos em momentos novos — e nesses instantes se pensa: sem a Terra, acabou para nós. Não poderíamos sobreviver um único segundo sem sua graça, somos marinheiros num mar obscuro, profundo e intransponível.

Nenhum deles sabe o que dizer a Chie, que consolo oferecer a alguém que sofre com o choque do luto enquanto está em órbita. É óbvio que se quer voltar para casa e se despedir de algum jeito. Não há necessidade de falar; basta olhar pela janela, para o brilho que se dobra e redobra. A Terra, daqui, é como o céu. Um fluxo de cores. Um estouro de cores esperançosas. Quando estamos no planeta, olhamos para cima e pensamos que o Céu fica em outro lugar, mas eis o que os astronautas e cosmonautas pensam às vezes: talvez todos nós que nascemos nela já tenhamos morrido e estejamos no além. Se, quando morremos, vamos a algum lugar improvável, difícil de acreditar, então aquele globo vítreo e distante, com sua luz linda e solitária, poderia muito bem ser ele.

ÓRBITA 1, RUMO À ÓRBITA 2

Agora vocês já nem são os humanos mais distantes no espaço, diz o controle em solo. Como se sentem quanto a isso?

Hoje mesmo, uma equipe de quatro membros está a caminho da Lua e acabou de ultrapassar a órbita rasa da estação espacial quatrocentos quilômetros acima do planeta. Os astronautas lunares os ultrapassam, catapultados numa explosão de glória de cinco bilhões de dólares com trajes, botas e tudo.

Pela primeira vez na vida vocês foram ultrapassados, dizem as equipes em solo. Já não são mais notícia, brincam, e Pietro faz a piada de que é melhor não ser mais notícia do que virar notícia, se é que me entende. Quando se é astronauta, não se quer virar notícia nunca. E aí é que está, pensa Chie, sua mãe está lá embaixo na Terra. Tudo que restou da mãe está lá embaixo. É melhor dar voltas ao redor dela do que vê-la desaparecer no retrovisor. Anton apenas olha pelo portal de vista espacial, até onde sabe que ficam as constelações de Pégaso e Andrômeda, embora sua visão não consiga facilmente identificá-las no meio de milhões de estrelas. Está cansado. Não dá para dormir muito bem aqui em cima, a cabeça constantemente atordoada de jet lag. Ali está Saturno, ali está Áquila, com seu formato de avião. A Lua a uma pedrada de distância. Um dia, pensa, ele chegará lá.

*

As manhãs, uma onda de suor, hálito e esforço, pesos, bicicleta e esteira, as duas horas por dia durante as quais o corpo deles não fica suspenso e em vez disso é obrigado a obedecer à gravidade. No segmento russo da estação, Anton está na bicicleta afastando o sono, Roman na esteira. A três módulos de distância, no segmento não russo, está Nell no supino observando seus músculos agirem sob uma pátina de suor enquanto os pistões e o volante de inércia simulam gravidade. Não há nenhuma definição nos seus membros firmes e esbeltos — a despeito do quanto se puxe, empurre ou pedale nessas duas horas de academia, há outras vinte e duas horas todos os dias durante as quais o corpo não encontra nenhuma resistência. Ao lado dela, Pietro está amarrado à esteira dos Estados Unidos, escutando Duke Ellington de olhos fechados; aqui, na sua cabeça, estão os campos de hortelã silvestre da Emilia-Romagna. Chie, no módulo ao lado, em cima da bicicleta, com os dentes travados e a resistência lá no alto, contando a cadência das pedaladas.

Aqui em cima, na microgravidade, você é uma ave marinha num dia morno, à deriva, simplesmente à deriva. De que lhe servem os bíceps, as panturrilhas, os ossos fortes das canelas; de que lhe serve a massa muscular? Pernas são coisa do passado. Contudo, todos os dias os seis precisam resistir a essa vontade de dissipação. Eles se recolhem a seus fones de ouvido, erguem pesos e conduzem a bicicleta rumo a lugar nenhum numa velocidade de vinte e três vezes a do som, em cima de uma bicicleta sem assento ou guidão, apenas um conjunto de pedais presos a uma estrutura, correndo doze quilômetros dentro de um módulo liso de metal com uma visão em close das rotações de um planeta.

Às vezes sentem falta de um vento, duro e gelado, uma chuva forte, folhas de outono, os dedos vermelhos, as pernas enlameadas, um cão curioso, um coelho assustado, o salto súbito de um cervo, uma poça num buraco do asfalto, os pés ensopados, um leve declive, outro corredor, um feixe de sol. Às vezes, simplesmente sucumbem ao zumbido sem vento nem acontecimentos da sua espaçonave vedada. Enquanto correm, enquanto pedalam, enquanto fazem força, os continentes e oceanos se afastam lá embaixo — o Ártico em tons de lavanda, a ponta leste da Rússia desaparecendo atrás, tempestades ganhando força sobre o Pacífico, as manhãs vincadas de deserto e montanha dos desertos de Chad, do sul da Rússia e da Mongólia, depois o Pacífico mais uma vez.

Qualquer um na Mongólia ou naqueles pontos ermos da Rússia, ou qualquer um que ao menos saiba dessas coisas tem consciência de que agora, no céu gélido da tarde, acima de qualquer avião, está passando uma espaçonave, e que alguma humana está lá em cima, erguendo halteres com as pernas, forçando os músculos a não cederem à sedução da ausência de peso, nem os ossos à passarificação. Do contrário, aquela viajante espacial sofrerá todo tipo de problema ao pousar de volta na Terra, onde as pernas, mais uma vez, são tão importantes. Sem todo esse empurra-empurra, suor e esforço, aconteceria de ela sobreviver à reentrada com suas reviravoltas e calor escaldante, só para ser tirada da cápsula e dobrar ao meio igual a uma garça de origami.

Em algum ponto da estadia em órbita, surge em cada um deles um desejo poderoso que se instaura — um desejo de nunca ir embora. Uma emboscada súbita de felicidade. Eles a encontram em toda parte, essa felicidade, brotando dos lugares mais sem graça — desde os espaços de experimentos até dentro dos sachês de risoto e cassoulet de frango, os painéis de monitores, botões e exaustores, dos tubos brutalmente apertados de titânio, Kevlar e aço aos quais estão presos, dos próprios assoalhos que são paredes e paredes que são tetos e tetos que são assoalhos. Dos corrimãos que são apoios para os pés e arranham os dedos. Dos trajes espaciais que aguardam nas câmaras de vácuo, um tanto macabros. Tudo que diz respeito a estar no espaço — que são todas as coisas — arma uma emboscada de felicidade para cima deles, não a ponto de não quererem ir para casa, mas a própria ideia de casa já implodiu — cresceu tanto, tão cheia e expandida, que desabou sobre si mesma.

A princípio nas missões todos sentem falta da família, tanta falta às vezes que a saudade até parece roer suas entranhas; agora, por necessidade, eles passaram a ver que a família deles é essa aqui, esses outros que sabem as coisas que eles sabem e veem as coisas que eles veem, com quem não precisam gastar nenhuma palavra para explicar nada. Quando voltarem, como sequer vão poder começar a contar o que lhes aconteceu, quem e o que foram? Não querem ver paisagem alguma, exceto essa paisagem da janela dos painéis solares enquanto desaparecem no vazio. Nenhum rebite em todo o mundo há de servir, além dos rebites em torno dessas janelas. Eles desejam essas passarelas almofadadas para o resto da vida. O zumbido contínuo.

Sentem o espaço tentando livrá-los da noção dos dias. O espaço diz: o que é um dia? Eles insistem que são vinte e quatro horas e as equipes de solo não param de repetir isso, mas o espaço pega essas vinte e quatro horas e enfia dezesseis dias e noites de troco. Agarram-se ao seu relógio de vinte e quatro horas, porque é tudo que o corpinho deles, débil e atado ao tempo, conhece — sono, intestinos e tudo que está preso neles. No entanto, a mente se liberta já na primeira semana. Está numa zona aberrante desprovida de dias, surfando o horizonte disparado da Terra. O dia chega e depois eles veem a noite se aproximar como a sombra de uma nuvem correndo sobre um trigal. Quarenta e cinco minutos depois vem o dia outra vez, pisoteando o Pacífico. Nada é o que pensavam que fosse.

Agora, enquanto rumam para o sul da Rússia oriental diagonalmente do outro lado do mar de Okhotsk, o Japão aparece num vespertino brilho cinza-malva. Essa passagem faz uma interseção com a linha estreita das ilhas Kuril, que pisam um caminho desgastado entre Japão e Rússia. Sob essa luz indistinta, as ilhas parecem, aos olhos de Chie, uma trilha de pegadas secando. Seu país é um fantasma assombrando as águas. Seu país é um sonho que ela lembra de ter tido um dia. Jaz inclinado e tênue.

Ela olha pela janela do laboratório enquanto se seca depois dos exercícios. Seu movimento para cima e para baixo, livre de peso, é firme e reto. Se pudesse ficar em órbita pelo resto da vida, estaria tudo bem. É só ao voltar que sua mãe estará morta; como na dança das cadeiras, quando há uma cadeira a menos do que o número de humanos que precisam delas; mas enquanto a música está tocando o número de cadeiras é insubstancial e todo mundo continua no jogo. É preciso não parar. É preciso continuar se mexendo. Há essa órbita gloriosa e, quando se está em órbita, somos imunes a todo impacto, nada pode nos abalar. Quando o planeta segue a galope pelo espaço e você vai atrás dele atravessando a luz e a escuridão com o cérebro embebedado pelo tempo, nada pode ter fim. Não há como existir o fim, apenas círculos.

    Não volte. Fique aqui em movimento. A luz cremosa do oceano é tão fantástica; as nuvens suaves ondulando nas suas marés. Com uma lente de zoom, eis as primeiras neves no cume do monte Fuji, as pulseiras de prata do rio Nagara onde ela nadou quando criança. Só aqui, os painéis solares perfeitos bebendo do sol.

Vista da estação espacial, a humanidade é uma criatura que só sai à noite. A humanidade é a luz das cidades e o filamento iluminado das estradas. Desaparece durante o dia. Esconde-se à vista.

    Nessa órbita, a órbita 2 das dezesseis de hoje, caso tenham um tempinho, eles podem ficar observando, atravessando uma ronda inteira da Terra, e mal e mal ver qualquer vestígio de vida humana ou animal.

    Seu trânsito se aproxima da África Ocidental assim que a alvorada raia a olho nu. Passam a África Central, o Cáucaso e o mar Cáspio, o sul da Rússia, a Mongólia, a China oriental, o norte do Japão sob a luz alvejante. Quando a noite chega ao Pacífico Oeste não há terra alguma à vista, nenhum espaço urbano para proclamar a humanidade. Nessa órbita, a passagem noturna inteira é oceânica e obscura, esgueirando-se pelo meio do Pacífico entre a Nova Zelândia e a América do Sul, roçando a ponta da Patagônia e voltando para a África, e assim que acaba o oceano e os litorais da Libéria, de Gana e de Serra Leoa se insinuam, o nascer do sol estoura o escuro e o dia vem numa enxurrada, o hemisfério Norte inteiro mais uma vez se vê luminoso e desprovido de humanos. Mares, lagos, planícies, desertos, montanhas, estuários, deltas, florestas e blocos de gelo.

Enquanto orbitam, seria possível se imaginarem como viajantes intergalácticos que esbarram em fronteiras virgens. *Parece desabitado, capitão*, dizem ao espiarem pela janela antes do café da manhã. *Acreditamos que sejam os vestígios do colapso de uma civilização. Preparem os propulsores para a aterrissagem.*

ÓRBITA 3, EM ASCENSÃO

Por que não dá para decorar a espaçonave como uma velha chácara, com papel de parede florido e vigas de madeira de carvalho — madeira falsa?, pergunta Pietro no café da manhã. De algum material leve e não inflamável. E poltronas esfarrapadas e essas coisas todas. Como uma velha chácara italiana. Ou inglesa.

Então todo mundo olha para Nell, que é inglesa e responde dando de ombros enquanto fuça seu sachê de *perlovka*, o mingau de cevadinha que Roman e Anton deixam que ela pegue das suas reservas de comida russa; ela mexe o caldo.

Ou como uma antiga casa japonesa, diz Chie. Muito melhor — mais leve, menos coisas.

Eu topava, diz Shaun, flutuando acima deles feito um anjo. Ele aponta uma colher de chá para Chie como se tivesse acabado de ser tomado por um pensamento. Certa vez fui a uma casa japonesa incrível, em Hiroshima, diz. Uma coisa meio pousada. Os donos eram cristãos americanos.

Vocês cristãos americanos estão em toda parte, diz Chie, pinçando um pedaço de salmão com seu hashi.

Pois é, você sai da superfície da Terra e ainda assim não consegue se livrar da gente.

Vamos nos livrar de você em breve, diz Roman.

Ah, mas vocês vão voltar para a Terra e lá é nosso criadouro, replica Shaun, olhando ao redor e fazendo que sim com a cabeça. Eu topava que decorassem este lugar como se fosse uma antiga casa japonesa.

Pietro termina o cereal e prende a colher na bandeja magnetizada. Vocês sabem qual é a primeira coisa que eu quero ter de volta, quando chegar a hora?, ele diz. Coisas de que eu não preciso, é isso. Falta de propósito. Algum enfeite sem sentido numa prateleira. *Um tapete.*

Roman dá risada. Nem álcool, nem sexo, nem... só um tapete.

Eu não falei o que ia *fazer* no tapete.

Verdade, responde Anton. Não falou e, por favor, não fale.

E o que você ia fazer?, Nell pergunta.

Chie dá uma piscadela. Pois é, Pietro, o que você ia fazer?

Ficar deitado lá, diz Pietro. E sonhar com o espaço.

O dia parte para cima deles como fogo de barragem.

Pietro vai monitorar seus micróbios, que lhes dizem algo a mais a respeito dos vírus, fungos e bactérias presentes na nave. Chie vai continuar desenvolvendo seus cristais de proteína e prendendo-se à máquina de ressonância magnética para fazer uma das suas varreduras cerebrais de rotina que mostram o impacto da microgravidade sobre o funcionamento neural. Shaun vai monitorar seu agrião a fim de ver o que acontece com as raízes das plantas quando não há gravidade nem luz que lhes digam quando e como crescer. Chie e Nell vão conferir o bem-estar dos quarenta ratinhos residentes, coletando dados que lançarão luz sobre o tema da perda de musculatura no espaço, e mais tarde Shaun e Nell conduzirão experimentos em combustibilidade. Roman e Anton vão operar o gerador russo de oxigênio e a cultura de células cardíacas. Anton vai regar os repolhos e o trigo anão. Todos vão relatar se estão sofrendo de dores de cabeça, em que parte da cabeça e qual é a intensidade da dor. Em algum momento, todos vão apontar suas câmeras para as janelas que dão para a Terra para fotografar, cada um deles uma das localizações numa lista que lhes foi entregue, com atenção para as localizações De Interesse Excepcionalmente Especial. Eles vão: trocar os detectores de fumaça, trocar o Tanque de Reabastecimento de Água na entrada 2 e instalar um novo tanque na entrada 3 do Sistema de Armazenamento de Água, limpar o banheiro e a cozinha, consertar a privada-que-sempre-entope. O dia deles é mapeado por siglas, MOP, MPC, PGP, RR, MRI, CEO, OESI, WRT para WSS, P-Q-S-E.

Hoje há um item na lista De Interesse Excepcionalmente Especial que está acima de todos os outros: o tufão que avança sobre o Pacífico Oeste rumo à Indonésia e às Filipinas, que parece ter ganhado mais força de repente. Ainda não é visível na trajetória atual deles, mas daqui a mais duas órbitas eles terão se deslocado para oeste e conseguirão acompanhá-lo. Será que vão conseguir tirar fotos e gravar vídeos, confirmar imagens tiradas por satélite, comentar seu tamanho e velocidade? Já é costume fazerem tudo isso, assumirem o papel de meteorologistas, de sistemas de alerta precoce. Eles observam quais órbitas vão atravessar o caminho do tufão — as órbitas 4, 5 e 6 desta manhã, rumo ao Sul, e as órbitas 13 e 14, rumo ao Norte, de amanhã, embora estarão dormindo nessas horas.

No começo da manhã, Nell recebeu um e-mail do irmão, dizendo que ele estava doente, gripado, e isso a pegou de surpresa, quanto tempo faz que ela não ficava doente — no espaço ela sente como se seu corpo fosse jovem outra vez, e não há dores nem desconfortos, exceto pelas cefaleias espaciais que batem de vez em quando — e mesmo isso lhe era raro. Algo a ver com o desaparecimento do peso, deixar de exercer pressão sobre as juntas e sobre a mente — a ausência de decisões. Os dias são determinados, minuto a minuto, por um cronograma. Seguem-se as ordens de outra pessoa, ir para a cama cedo, geralmente exausta, e acordar cedo e começar de novo e a única decisão a ser tomada é o que comer, e mesmo essas decisões são limitadas.

No e-mail, o irmão dela disse, meio brincando, que odeia ficar doente sozinho e que deve ser legal ter cinco outras pessoas com você o tempo inteiro, sua família flutuante, ele disse. Aqui em cima, legal parece uma palavra tão alienígena. É brutal, desumano, avassalador, solitário, extraordinário e magnífico. Não há uma única coisa que seja legal. Ela pensou em botar isso em palavras para o irmão, mas achou que ia causar uma discussão, dar a impressão de querer passar por cima ou menosprezar o que ele disse, por isso só escreveu que mandava um abraço e anexou uma foto do estuário Severn ao amanhecer, uma foto da Lua, outra de Chie e Anton nas janelas de observação. Com frequência, ela se flagra com dificuldades para contar as coisas aos seus de casa, porque as coisas pequenas são mundanas demais e o resto é estarrecedor demais, e não parece haver nada no meio do caminho, nada das fofocas de sempre, o diz-que-me-diz, os altos e baixos; apenas voltas e voltas. Há muita contemplação sobre como é possível ir tão rápido sem sair do lugar.

É uma coisa estranha, pensa ela. Todos os sonhos de aventura, liberdade e descoberta culminam na aspiração de virar astronauta, e aí chegar aqui e ficar presa, passar os dias pondo e tirando as coisas do lugar, mexendo num laboratório com mudas de ervilha e raízes de algodão, e não ir a lugar nenhum, só dando voltas e mais voltas, com os mesmos pensamentos dando voltas e mais voltas junto.

Não é uma reclamação. Por Deus, não é uma reclamação.

Não fique em cima de ninguém, é a regra tácita entre todos. Espaço pessoal e privacidade já estão em falta, com todos ali presos uns com os outros, respirando o mesmo ar do outro, excessivamente reutilizado durante meses a fio. Não atravesse o rubicão para se intrometer na vida interna do outro.

Há essa ideia de uma família flutuante, mas, de certa perspectiva, eles não são nem um pouco uma família — são, ao mesmo tempo, muito mais e muito menos do que isso. São tudo um para o outro durante esse breve período de tempo, porque são tudo que há. São companhia, colegas, mentores, médicos, dentistas, cabeleireiros. Nas caminhadas espaciais, lançamentos, reentrada, nas emergências, eles são a rede de apoio um do outro. São, uns para os outros, representantes da raça humana — cada um deles precisa ser suficiente para representar bilhões de pessoas. Precisam improvisar para substituir todas as coisas terrenas — famílias, animais, clima, sexo, água, árvores. Caminhar. Há dias em que eles só querem caminhar ou deitar. Quando sentem falta das pessoas e das coisas, quando a Terra parece tão distante que a depressão se abate sobre eles durante dias e até mesmo a visão do pôr do sol no Ártico não basta para animá-los, então precisam conseguir enxergar o rosto dos outros a bordo e encontrar algo para impulsioná-los a seguir em frente. Algum consolo. Nem sempre dá. Há dias em que Nell é capaz de olhar para Shaun e ficar chateada porque ele não é seu marido. Anton pode acordar ressentido porque nenhuma daquelas pessoas é sua filha ou seu filho ou qualquer pessoa que ele ame. É assim que é — depois, em outro dia, eles olham na cara de uma daquelas cinco pessoas e ali, no seu jeito de sorrir ou se concentrar ou comer, estão tudo e todos que eles já amaram, tudinho, logo ali, e a humanidade, reduzida à sua essência nesse punhado de pessoas, não é mais uma espécie de diferença e distância que causa perplexidade, mas uma coisa próxima, ao alcance da mão.

Já conversaram antes sobre uma sensação que volta e meia os atinge, uma sensação de fusão. Eles não são exatamente distintos nem entre si nem em relação à nave. Fosse o que fosse que eram antes de virem para cá, quaisquer que pudessem ser suas diferenças em treinamento ou de origens, de motivação ou caráter, fosse qual fosse o país de onde vieram e os embates entre suas nações, aqui estão todos equalizados pelo poder delicado da espaçonave. São uma coreografia de movimentos e funções no corpo da nave, enquanto ela mesma encena sua coreografia perfeita do planeta. Anton — quietão, com humor seco, sentimental, chorando desbragadamente com filmes e com as cenas do lado de fora da janela é o coração da nave. Pietro é a mente; Roman (o comandante atual, ágil e eficiente, capaz de consertar qualquer coisa, controlar o braço robótico com precisão milimétrica, configurar o painel de circuitos extremamente complexo) é a mão; Shaun, a alma (Shaun, que se vê ali para convencê-los de que têm alma); Chie (metódica, justa, sábia, difícil de definir ou resumir), a consciência; Nell (com seus pulmões de mergulhadora de oito litros), o alento.

Então concordam que é idiota, essa metáfora. Absurda. Porém mesmo assim inabalável. Rodopiar em órbita terrestre baixa ao redor do planeta faz com que pensem assim, como uma unidade, onde a unidade em si, as dimensões esparramadas da nave, ganha vida e se torna parte deles. Achavam que teriam uma impressão de precariedade, esse fato de viverem numa complexa máquina de manutenção das funções vitais e a perspectiva de que tudo poderia, num instante, acabar — uma falha em qualquer parte da máquina. Um incêndio, um vazamento de amônia, de radiação, um impacto de meteoro. E há momentos em que pensam isso mesmo — mas no geral não tanto, e, em todo caso, todos os seres vivem em máquinas de manutenção das funções vitais, a que costumam chamar de corpos, e todos os corpos, cedo ou tarde, vão falhar. Este aqui, por mais precário que certamente seja, está limitado ao seu encaixe em órbita, um lugar de poucas surpresas, todos os imprevistos já previstos — vigiado vinte e quatro horas por dia, sete dias por semana, assiduamente monitorado, obsessivamente consertado, abrangentemente alarmado, minuciosamente acolchoado, com poucos objetos pontiagudos, nenhum risco de tropeçar, nenhuma beirada de onde dê para cair. Não são os múltiplos perigos da liberdade terrena, onde você sai por aí vagando bem sem supervisão, bem sem limites, atormentando-se com beiradas e alturas, estradas e armas e mosquitos e contágios e penhascos e o cruzamento desafortunado de oito milhões de espécies, todas tentando sobreviver.

Ocorre-lhes um pensamento surpreendente às vezes: estão encapsulados, um submarino que se move sozinho pelas profundezas do vácuo, e vão se sentir menos seguros quando saírem. Vão reaparecer sobre a superfície da Terra feito estranhos, em certo sentido. Alienígenas conhecendo um novo e desvairado mundo.

ÓRBITA 3, EM DESCENSÃO

Pense numa casa. Uma casa de madeira numa ilha japonesa perto do mar, com portas de papel deslizantes que dão para o jardim e o tatame no chão, esgarçado e esbranquiçado pelo sol. Imagine uma borboleta sobre a torneira da pia da cozinha, uma libélula sobre o futom dobrado, uma aranha dentro de um chinelo na varanda da frente.

Pense numa casa de madeira surrada, todas as tábuas já lisas ao toque. Surrada pela umidade, pelo calor e pela neve, desgrenhada por pequenos terremotos. Depois imagine um homem e uma mulher, mais ou menos jovens, agachados ao lado da sua hortinha do lado de fora, enquanto o peso plúmbeo do céu de agosto se impõe. Abóboras crescendo, aos montes, tão grandes quanto a Lua na sua plenitude de verão, e nada além do som do mar. Não, nada além do som de cigarras, grilos, sapos-boi, o arranca-arranca das mãos da mulher nas ervas daninhas, o bate-bate da voz alerta do homem entre arroubos de cavar, e o mar.

Depois acompanhe as estações ao longo de vários anos, e o homem que se esforça para vestir as calças no seu corpo rangente e ressequido e se pergunta como parece que ele envelheceu tão mais do que a mulher, que ainda segue atlética e ativa, andando aos pulinhos. Ele não consegue mais juntar muita saliva e ninguém lhe disse que a terceira idade seria tão seca, a pele, a boca e os olhos — o nariz sem mais nada para assoar (e ainda assim ele segue assoando, o tempo inteiro). Que coisa incrivelmente despreparada é esse seu corpo, para ressecar assim. Como uma folha, seria possível pensar, mas uma folha seca cai do galho, e ele não está pronto para partir. Levanta-se ao amanhecer e olha para o dique onde os sapos-boi coaxam, e crava ali os dedos dos pés.

Acompanhe as estações por mais meio ano e o homem não estará mais lá. A mulher toca os dias sozinha. Os anos passam, dez deles, e um outono morno chega com algumas últimas abóboras sobre os talos que crescem e se espalham. Há fungos nos talos e no batente da porta e nos degraus de madeira; uma umidade matinal nas telas de papel. O mais lindo dos céus vespertinos dos últimos tempos. A mulher está deitada sobre os degraus estreitos, e ela também é estreita, se vê como uma vassoura. Toda essa madeira ao seu redor e nada de seres humanos, por isso ela também se fez madeira, para que não a superassem.

Às vezes dá para saber quando chega o dia derradeiro, e ela nunca, nem em um milhão de anos, ficaria deitada do lado de fora desse jeito na escada, num gesto tardio de entrega, uma pequena rebelião — uma velha vassoura durona, ela. Não gosta de bobagem, mas seu sangue acabou desacelerando e tudo desacelerou. Não vem se sentindo bem nas últimas semanas. Tem olhado para ver o ponto de luz em movimento no céu que, desde a morte do marido, já fez cerca de sessenta mil órbitas em torno da Terra e pensa se devia tentar esperar mais um mês, até que a filha volte. Mas desde quando a morte espera alguém, e que tipo de recepção seria essa, em todo caso? Morrer assim que a filha chegasse à Terra. As extremidades ficam quentes de súbito, como se o coração tentasse mandar o sangue para longe de si mesmo. Deixem-me descansar, o coração diz. Ela escuta uma cigarra, nunca antes daria para ouvir uma cigarra a essa altura do ano, está tão quente agora o tempo inteiro que elas não sabem quando morrer. O som é de um macho solitário insistente até o fim, e talvez ela insistisse assim também se tivesse passado quinze anos embaixo da terra, esperando sua vez de acasalar, mas agora esse não é um chamado de acasalamento, e sim de solidão, um me-deixem-estar, apenas esse único chamado no crepúsculo silencioso.

Acompanhe os dias até o seguinte e depois dois e mais três e então quatro, o corpo foi tirado da escada e a casa está deserta. Daquela luz invisível sob o céu baço do fim de tarde, onde está estacionada a filha da mulher, a Ásia desliza para estibordo. Shikoku e Kyushu passam abaixo, e todo o resto é oceano; o mesmo oceano que assalta o litoral perto da casa de madeira, aproximando-se mais do jardim ao longo dessa última década, onde as abóboras estão começando a amolecer. Depois o restante da Ásia desaparece para o oeste e para a popa e não há absolutamente nada, exceto as fossas profundas do Pacífico, e sua órbita avança rumo ao sudeste, mais milhares de quilômetros radiantes e vazios.

Lá, naquele vazio, um tufão se organiza. Durante as últimas vinte e quatro horas ele tem se deslocado para oeste, passando as ilhas Marshall a essa altura, aquele rendilhado frágil de terras afundadas, tão ao acaso e desgastadas pelas tempestades. Primeiro, um punhado de nuvens à deriva ao alto, congregando-se de todas as direções, mais densas e mais escuras; não uma tempestade, mas uma colisão de várias delas, e fica evidente agora que a nuvem está ganhando força e rodopiando até se tornar o que poderia ser, no mínimo do mínimo, um Tufão Categoria Quatro.

Tirem quantas fotografias puderem, disseram à tripulação, e eles tiram, com as longas lentes contra o vidro, os obturadores titubeando, enxergando apenas o braço leste da tempestade até agora, rumando a estibordo, onde ela se embrulha contra o horizonte da Terra em rebanhos de cinza fiado; vendo em detalhes o que ninguém na Terra pode ver — como as nuvens se organizam no sentido anti-horário, uma marcha batida e agitada. A luz do sol sai de rebote dessa cobertura leitosa da nuvem e a Terra tem o brilho perolado e sinistro de um olho com catarata. Parece fixá-los com um olhar inconstante.

Como a Terra parece ligada e vigilante de repente. Não é um dos tufões regulares que atormentam por acaso essas partes do mundo, eles concordam. Não conseguem vê-lo inteiro, mas é maior do que as projeções haviam imaginado, e se move mais rápido. Eles enviam as imagens, as latitudes e longitudes. São como videntes, a tripulação. Videntes que enxergam e revelam o futuro, mas não fazem nada para alterá-lo ou impedi-lo. Em breve a órbita vai se afastar, descendo para o leste e o sul. Não importa o quanto estiquem o pescoço para trás nas janelas que dão para a Terra, o tufão vai rolar até sair de vista, sua vigília terá fim e a escuridão os atingirá com toda a velocidade.

Eles não têm poder algum — têm apenas as câmeras e uma visão privilegiada e ansiosa da crescente magnificência dele. Eles observam sua chegada.

ÓRBITA 4, EM ASCENSÃO

Sob a nova manhã da quarta órbita de hoje ao redor da Terra, a poeira do Saara se espalha pelo mar em fitas de centenas de quilômetros. O nebuloso mar, cintilante e verde-claro, a nebulosa terra, cor de tangerina. Esta é a África, repicando de luz. Quase dá para ouvir essa luz do interior da nave. As íngremes gargantas radiais da Gran Canária empilham a ilha como um castelo de areia construído às pressas, e quando as montanhas Atlas anunciam o fim do deserto, surgem nuvens no formato de um tubarão, cuja cauda bate contra a costa sul da Espanha, a ponta das nadadeiras cutuca os Alpes ao sul, o nariz mergulhará a qualquer momento no Mediterrâneo. Albânia e Montenegro são aveludados de montanhas.

Onde ficam as fronteiras?, Shaun pensa ao passar pela janela. Tenta localizá-las — Montenegro, Sérvia, Hungria, Romênia, nunca consegue se lembrar do arranjo exato. Dava para passar seus dias, toda a vida em órbita, com seu atlas Rand McNally e seus mapas das estrelas. Dava para nunca mais mexer nem um dedo para trabalhar. Dava para abandonar tudo, só ficar olhando. Dava para conhecer a Terra do avesso, no seu cantinho do espaço. Nunca seria possível compreender as estrelas de verdade, mas daria para conhecer a

Terra do modo como se conhece alguém, do modo como ele passou a conhecer, de um jeito minucioso e determinado, sua esposa. Com um anseio que é voraz e egoísta. Ele deseja conhecê-la, centímetro por centímetro.

Na microgravidade, as artérias deles vão engrossando e endurecendo, enquanto os músculos se enfraquecem e encolhem. Aqueles corações, tão inflados de êxtase diante do espetáculo do espaço, também estão murchando por causa dele. E quando as células cardíacas são danificadas ou exauridas, não é fácil para elas se renovarem, e aí cá estão eles, sofrendo com o minguar e enrijecer do seu coração tenro enquanto tentam preservar as células cardíacas nas suas placas.

Nessas placas está a humanidade, diz Anton a Roman no laboratório russo. Os dois passam a humanidade para cá e para lá com suas pipetas. A configuração rosa-roxa-vermelha de células já foi a pele retirada de voluntários humanos, as células da pele foram revertidas ao estado de células-tronco, e as células-tronco viraram células cardíacas. As amostras de pele foram colhidas de pessoas de diferentes idades, origens, raças. Isso causa em Anton um estarrecimento silencioso ausente no seu colega de laboratório, que as trata com um cuidado desprovido de reverência, o mesmo cuidado que aplica à fiação elétrica. As pontas dos dedos de Anton, ao contrário, chegam a parecer que esquentam de verdade na presença das células. Ficam quase quentes demais, até. Toda essa variedade de vida que lhe foi confiada de forma perturbadora. Olhe só, Roman, ele quer dizer. Que tipo de milagre absurdo é este aqui? Tudo isso aqui? Roman não parece nem um pouco atormentado, nem admirado, nem mesmo fica reflexivo, ele só diz, não sei o que há nas cores dessas placas que sempre me deixa com fome. E assim o momento passa.

Os dois observam as células no microscópio e registram imagens, e a cada cinco dias renovam a solução em que elas crescem. Eles as guardam a trinta e sete graus com conteúdo de cinco por cento de carbono, em condições de umidade ideal e perfeita esterilidade, e quando a nave de reabastecimento voltar à Terra dentro de duas semanas vão despachá-las, uma carga que devem aceitar ser mais importante para a humanidade do que a própria vida deles, a qual, no contexto, não é lá grande coisa.

O que quer que esteja acontecendo a essas células na incubadora é provável que esteja acontecendo nas células deles, um fato que não podem deixar de reconhecer.

Não é um pensamento dos mais encorajadores, diz Roman.

Enfim..., replica Anton, dando de ombros, e Roman faz o mesmo. O que esse gesto significa é que eles não vieram para o espaço para serem encorajados. Eles o fazem com base numa pulsão por mais coisas, mais de tudo, mais conhecimento e humildade. Velocidade e quietude. Distância e proximidade. Mais menos, mais mais. E o que descobrem é que são minúsculos, não, não são nada. Nutrem um punhado de células *in vitro* que só podem ver no microscópio e sabem que estar vivo nesse momento depende de células iguaizinhas àquelas no seu próprio e minúsculo coração pulsante.

Depois de seis meses no espaço, eles terão envelhecido, em termos técnicos, 0,007 segundos a menos do que alguém na Terra. Mas em outros aspectos terão envelhecido cinco ou dez anos a mais, e isso apenas no que diz respeito ao que está dentro da sua compreensão atual. Sabem que a visão está passível de enfraquecer, e os ossos de se deteriorarem. Mesmo com tanto exercício, os músculos ainda atrofiam. O sangue vai coagular e o cérebro dançará no seu fluido. A coluna se alonga, as células-T sofrem para se reproduzir, formam-se pedras nos rins. Enquanto estão aqui, a comida não tem lá muito gosto. Os seios nasais são um terror. A propriocepção falha — é difícil saber onde estão suas partes do corpo sem olhar. Eles se tornam sacos deformados de fluidos, um excesso na parte superior, uma falta embaixo. Os fluidos se acumulam atrás dos olhos e comprimem o nervo óptico. O sono se rebela. A microbiota do intestino desenvolve novas bactérias. O risco de câncer aumenta.

Não são pensamentos encorajadores, como diz Roman. Anton lhe pergunta um pouco depois se isso o deixa preocupado.

Não, ele diz. Nunca. E você?

Abaixo deles, o Pacífico Sul agora passa em absoluta noite, um poço sem fundo de breu, e não há planeta algum, apenas a tênue linha verde da atmosfera e incontáveis estrelas, uma solitude assombrosa, tudo tão perto e infinito.

Não, Anton responde. Nunca.

Às vezes, ao olhar para a Terra poderiam ficar tentados a descartar tudo que sabem ser verdade para acreditar, em vez disso, que aquilo, aquele planeta, se assenta no centro de todas as coisas. Parece tão espetacular, tão digno e régio. Ainda poderiam ser levados a acreditar que Deus em pessoa o deixou ali, no exato centro do universo dançante, e poderiam esquecer todas aquelas verdades que os homens e mulheres descobriram (uma descoberta aos trancos e barrancos seguida de negação seguida de descoberta seguida de encobrimento), que a Terra é um pontinho patético no centro do nada. Poderiam pensar: não é possível que uma coisa insignificante pudesse brilhar tanto, nenhum satélite qualquer lançado ao longe poderia se dar ao trabalho de fazer esses espetáculos de beleza, nenhuma reles rocha poderia arranjar tamanha complexidade de fungos e mentes.

    E então pensam às vezes que seria mais fácil voltar atrás nos séculos heliocêntricos e regressar aos anos de uma Terra divina e maciça em torno da qual todas as coisas orbitavam — o Sol, os planetas e o próprio universo. Era preciso mais distância da Terra do que aquilo para que a vissem como algo insignificante e pequeno; para compreender de verdade seu lugar cósmico. Porém, é claro que não se trata daquela Terra régia de outrora, um torrão que veio direto da mão de Deus, firme demais e altiva demais para poder se deslocar pelo salão de bailes do espaço; não. Sua beleza ecoa — a beleza é seu ecoar, a leveza que canta e encanta. Não é periférica e não é o centro; não é tudo e não é nada, mas parece muito mais do que uma coisa. É feita de rocha, mas daqui parece luz e éter, um planeta ágil que se desloca de três formas — na rotação sobre o próprio eixo, numa inclinação sobre seu eixo, e ao redor do Sol. Esse planeta foi relegado do centro para as margens — aquilo que gira em torno em vez daquilo em torno do qual se gira, exceto por aquele caroço de Lua. Esse negócio que nos abriga, nós, os humanos que polimos as lentes cada vez maiores dos telescópios que nos dizem o quanto somos cada vez menores.

E aqui estamos boquiabertos. E com o tempo passaremos a ver que não apenas estamos às margens do universo, mas que este também é um universo de margens, que não há centro, apenas uma massa vertiginosa de coisas dançantes, e que talvez a totalidade da nossa compreensão consista num conhecimento elaborado e em perpétua evolução do nosso próprio não pertencimento, um esmagamento do ego da humanidade pelos instrumentos da pesquisa científica até que isso aí, esse ego, seja um edifício em ruínas que permita a entrada da luz.

Eles navegam em sua distância intermediária de órbita terrestre baixa, sua visão a meio mastro. Pensam: talvez seja difícil ser humano, e talvez seja esse o problema. Talvez seja difícil fazer a transição entre pensar que seu planeta está seguro no centro de tudo e saber que ele é, na verdade, um planeta de tamanho e massa mais ou menos normais, girando ao redor de uma estrela mediana num sistema solar em que tudo é mediano numa galáxia de tantos outros, incontáveis, e a coisa toda vai explodir ou colapsar.

Talvez a civilização humana seja como uma vida individual — crescemos e saímos da realeza da infância para a suprema normalidade; descobrimos como somos nada-de-especial e num arroubo de inocência ficamos bem contentes — se não somos especiais, então talvez não estejamos sozinhos. Se há sabe-se lá quantos sistemas solares iguais ao nosso, com sabe-se lá quantos planetas, um daqueles planetas com certeza será habitado, e a companhia é a consolação pela nossa banalidade. E assim, por solidão, curiosidade e esperança, a humanidade olha para fora e pensa que talvez eles estejam em Marte, esses outros, e mandam sondas. Mas Marte parece um deserto de rachaduras e crateras, então talvez nesse caso estejam num sistema solar vizinho ou na galáxia vizinha ou na outra depois dela.

Enviamos sondas *Voyager* pelo espaço interestelar num espasmo de esperança, magnânimo e sonhador. Duas cápsulas da Terra contendo imagens e canções, só esperando para serem encontradas em — quem sabe — dezenas ou centenas de milhares de anos, se tudo der certo. Do contrário, milhões ou bilhões, ou nunca. Enquanto isso, começamos a auscultar. Vasculhamos os confins atrás de ondas de rádio. Nada responde. Ficamos décadas e décadas vasculhando. Nada responde. Fizemos projeções esperançosas e temerosas por meio de livros, filmes e afins, imaginando como ela poderia ser, essa forma de vida alienígena, quando ela enfim fizer contato. Mas o contato não vem, e suspeitamos que na verdade jamais virá. Sequer há algo lá fora, pensamos. Por que se dar ao trabalho de esperar quando não há nada lá? E agora talvez a humanidade esteja no estágio final quebra-tudo da adolescência, de autodestruição e niilismo, porque não pedimos para nascer, não pedimos para herdar uma Terra para cuidarmos, e não pedimos para estar tão completamente, injustamente, obscuramente sozinhos.

Talvez um dia a gente olhe no espelho e fique feliz com o macaco bípede um pouco acima da média que nos olha do outro lado, e vamos respirar e pensar: beleza, estamos sozinhos, que seja. Talvez esse dia esteja chegando em breve. Talvez a natureza das coisas seja a precariedade, esse passo em falso sobre uma cabeça de alfinete do ser, de nos descentralizarmos, centímetro por centímetro, como fazemos na vida, conforme vamos passando a compreender que a dimensão estarrecedora da nossa não dimensão é uma oferta tumultuosa e agitada de paz.

Até esse momento, o que podemos fazer na nossa solitude abandonada senão contemplarmos a nós mesmos? Nos examinarmos em arroubos infinitos de distração fascinada, sentirmos amor e ódio de nós mesmos, fazermos cena, mito e culto de nós mesmos. Pois o que mais existe lá? Tornarmo-nos excelsos na nossa tecnologia, conhecimento e intelecto, sentir essa comichão de desejo por uma satisfação que não podemos aliviar; olhar para o vazio (que segue sem dar resposta) e ainda assim construir espaçonaves, e dar incontáveis voltas ao redor do nosso planeta solitário e fazer pequenas excursões até nossa Lua solitária e ter pensamentos como esses num estado perplexo de baixa gravidade e maravilhamento rotineiro. Voltar-se para a Terra, que reluz como um espelho iluminado numa salinha escura, e falar contra o ruído dos nossos rádios com as únicas formas de vida que parecem existir lá fora. Alô? *Konnichiwa, ciao, zdraste, bonjour*, estão me ouvindo, alô?

A milhares de quilômetros de distância da órbita deles e do outro lado da curvatura da Terra, numa cabana de praia perto do cabo Canaveral, há quatro leitos que ontem mesmo foram liberados por outro grupo de astronautas. A essa hora, ontem de manhã, duas mulheres e dois homens estavam na sua última hora de sono antes que o despertador anunciasse o dia; apenas cinco da manhã na Flórida e a barriga deles ainda estava cheia do churrasco da noite anterior, enterrados num sono narcotizado e desprovido de sonhos. Estavam apagados; sequer pescavam, roncavam, se mexiam ou se contorciam.

Quando a lua começava a se apagar e a paralisia do sonífero começava a aliviar, as duas mulheres e os dois homens abriram os olhos e pensaram: hoje vai acontecer alguma coisa. Onde estou? O que é que vai acontecer hoje? Essa antecipação, dormente no sono, depois instantaneamente gritante. A Lua, a Lua — vamos para a Lua, meu Deus, vamos para a Lua, porra. Seus trajes espaciais e o foguete aguardavam. Nada jamais seria igual para eles, mas a essa hora, ontem, ainda não haviam despertado e estavam na quarentena na cabana de praia, o ar ao redor cheirando a linguiça, costelas e milho grelhado. Tudo muito bacana, a última ceia, alguma normalidade para não pirarem com isso tudo, mas a Lua entrou de penetra. Lá estava ela, tão pequena e distante. Sua luz fria e dura desceu e cravou um machado no apetite deles. Um hambúrguer pela metade, as costelas parcialmente roídas, a cerveja sem álcool deixada sem beber, uma hesitação de último minuto, um comprimido tomado, pernas bambas, o murmurar de uma prece e dormir cedo.

Mais de cinquenta anos sem um pé humano no dorso, nossa Lua, e será que ela vira seu lado claro para a Terra com anseio, na esperança de que os humanos regressem? Será que ela, junto de todas as outras luas e planetas e sistemas solares e galáxias, anseia por ser conhecida? No dia seguinte, mais tarde, depois de menos de três dias de viagem, essas criaturas humanas, estranhas e obcecadas, estarão de volta à sua superfície empoeirada, esses seres que insistem em hastear bandeiras num mundo onde não há vento, essa gente obstinada com aparência de marshmallows, navegantes inflados vindos do céu, só para encontrarem seus mastros derruídos e suas Estrelas e Listras em frangalhos. É o que acontece quando você passa cinquenta anos fora, as coisas seguem em frente sem você. E assim dormiram os quatro astronautas na cabana de praia, cientes de que uma nova era começaria assim que abrissem os olhos.

Agora começou, essa era, está aqui. Os astronautas saíram da cama ontem cedo, tomaram café da manhã e embarcaram no seu dia perfeitamente regimentado. O pessoal da faxina chegou e, com gestos cerimoniosos, tirou a roupa de cama depois que eles saíram, lavou a louça e limpou a churrasqueira. Às cinco da tarde, o foguete acabou sendo lançado. Completaram duas órbitas da Terra na noite passada antes de dispararem com os propulsores e agora, com o combustível de lançamento consumido e os foguetes descartados, vão rodopiar incrementalmente por um caminho de quatrocentos mil quilômetros, onde cada centímetro foi mapeado em números, e seguirão nesse rumo até amanhã à noite quando alcançarem a Lua.

Na noite passada, os seis astronautas aqui pegaram os itens de festa, encheram balões, penduraram a decoração de aniversário e fizeram uma refeição comemorativa a partir do que era possível fazer com seu repertório de sachês prateados — encontraram alguns pudins de chocolate, pavê de pêssego e pacotes de creme. Roman pendurou a luazinha de feltro que seu filho lhe deu e que foi uma das poucas coisas que ele trouxe consigo ao espaço. Sentiram um misto de êxtase e angústia e inveja e orgulho que dava a volta e regressava ao êxtase, e no fim foram para a cama cedo como sempre faziam. Porque, aterrissando na Lua ou não, sempre existe um de-manhã-cedo. Sempre existe, todos os dias, um de-manhã-cedo.

E há um sentimento de retaliação, silencioso e privado, mas presente em todos eles, daquilo que de repente se tornou sua própria banalidade. A banalidade da órbita presa à Terra, destinada a lugar nenhum; essas voltas ao redor, sem nunca *sair*. Essa circulação leal e monogâmica que lhes pareceu, na noite anterior, humildemente bela. Uma ideia de atenção e servidão, um tipo de idolatria. E embora olhassem para fora antes de dormir, como se pudessem ver os astronautas com destino à Lua passarem por eles, e embora seu sono fosse inquieto de antecipação, não era a Lua que entrava nos seus sonhos, mas seu próprio e selvagem jardim espacial do lado de fora da espaçonave — o jardim no qual todos caminharam em algum momento. E a sempre elétrica atração azul da Terra.

>
> Coisas irritantes:
> Carros na nossa cola
> Crianças cansadas
> Querer sair para correr
> Travesseiro empelotado
> Fazer xixi no espaço quando se está com pressa
> Zíper emperrado
> Gente que fala sussurrando
> Os Kennedy

Chie prende listas nas bolsas de armazenamento do seu dormitório, onde guarda lembrancinhas, objetos pessoais; um pequeno tubo de creme emoliente para a pele a fim de tratar a secura dolorida que aflige suas mãos, uma fotografia em preto e branco da mãe quando era jovem, na praia perto de casa, uma coletânea de poesia sobre montanhas japonesas que seu tio mandou para cima na última leva e que ela não tem tempo nenhum de ler. Ela arranca as páginas em branco no fim do livro e rabisca suas listas nelas, com uma letra incerta e frouxa.

    Coisas reconfortantes:
    A Terra lá embaixo
    Canecas com alças firmes
    Árvores
    Escadas largas
    Tricô
    Nell cantando
    Joelhos fortes
    Abóboras

Lá fora, no ponto mais baixo da nave, fica o componente que Pietro e Nell instalaram durante sua caminhada espacial na semana anterior, um espectrômetro que mede o brilho da Terra. Ele varre uma porção de setenta quilômetros do planeta conforme a nave segue em órbita, deslocando-se de continente em continente, norte e sul, um olho obsessivo a observar, reunindo e calibrando a luz.

    Pietro já participou de outras missões e caminhadas espaciais e executou muitos milhares de experimentos nos seus quatrocentos dias, mais ou menos, no espaço, e há uma sensação de equanimidade, de distância, a respeito disso tudo, executa-se o experimento ou se instala o componente ou se coleta os dados, depois passa-se tudo adiante e se segue para o próximo. Enquanto astronauta, não se é nada além de um conduíte — selecionado pelo temperamento antiaderente, talvez um dia um robô possa fazer o serviço e talvez aconteça isso mesmo; é preciso se perguntar. Eles se perguntam às vezes.

Um robô não precisa ficar hidratado, não precisa de nutrientes, excreção, sono; um robô não tem esses fluidos incômodos no cérebro, nem menstruação ou libido ou papilas gustativas. Não é preciso lhe mandar frutas para o espaço num foguete, nem entupi-lo de vitaminas, antioxidantes e remédios para dormir ou analgésicos, nem lhe construir uma privada com funis e bombas que exigem um curso de treinamento para ser usada, nem uma unidade que recicla sua urina e a transforma em água potável, já que o robô não produz urina e não tem necessidade de água, não deseja nem pede coisa alguma.

Mas como seria enviar para o espaço criações que não têm olhos para ver, nem um coração para temer ou se exultar com isso tudo? Durante anos, um astronauta treina em piscinas, cavernas, submarinos e simuladores, localizando, testando e aparando cada falha ou fraqueza, até que o que sobra é uma triangulação quase perfeita e inabalável de cérebro, membros e sentidos. Para alguns é difícil e para outros mais fácil. Para Pietro, foi mais fácil; é um astronauta nato e tem esse equilíbrio desde criança, uma tranquilidade extraordinária e uma presença de espírito que lhe permitiram superar os chiliques da primeira infância, de arremessar coisas, e as rebeliões na adolescência. Uma curiosidade profunda, uma ornamentada arquitetura do cérebro, uma concentração, um otimismo e pragmatismo; um astronauta até a medula mesmo antes de sequer saber o que era um astronauta. Contudo, não é um robô.

Há no seu peito um coração que se inclina e precipita. Ele consegue manter seus batimentos lentos e regulares, suprimir os hábitos de medo, pânico ou impulso, impedir que sinta saudades demais de casa, controlar o sentimento inútil de solidão.

Tranquilo e constante, tranquilo e constante. Um metrônomo controlando a respiração. Porém, há vezes que ele se inclina e se precipita. Ele deseja o que deseja, espera o que espera e ama o que ama. O coração do astronauta é tão forçosamente antirrobótico que ele sai da atmosfera terrestre e extravasa — a gravidade para de fazer pressão e o contrapeso do coração começa a extravasar, como se de repente tivesse consciência de que é parte de um animal, que vive e que sente. Um animal que não apenas testemunha as coisas, mas ama o que testemunha.

E assim Pietro pensa no espectrômetro lá fora, que ajudará a confirmar que a Terra está escurecendo. Desde que ele e Nell o instalaram, Pietro pensa nisso todos os dias ao acordar, nas suas lentes apontando para três direções, para a Terra, para o Sol e para a Lua, medindo a luz refletida da superfície da Terra e das nuvens. Será que a superfície da Terra está escurecendo por conta das partículas no ar derivadas de poluentes que refletem a luz do Sol de volta ao espaço ou se iluminando por conta das calotas polares derretidas e a diminuição de nuvens brancas nas camadas superiores da atmosfera que implicam uma absorção maior da luz do Sol pela Terra? Ou as duas coisas ao mesmo tempo? E aí qual seria o efeito? Esse sistema complexo de troca de energia que determina a temperatura do planeta.

Ele pensa nisto — na perspectiva de a Terra estar absorvendo mais luz —, menos luz refletida de volta ao espaço. Daqui, olhando para baixo, o que seria avistar um planeta menos brilhante? Ver num dia como esse, enquanto captura vídeos, seus padrões de nuvens e o amplo espectro dos azuis do oceano sob a luz matinal, um holograma que emerge do breu. O brilho em si. Seria perder isso? A estibordo, o níquel suavemente polido do Mediterrâneo aquecido pelo Sol, as dobras e vincos das Dolomitas e dos Alpes, picos obscuros sem neve, vales em tons de índigo, planícies oliva, os trechos infindos de leitos de rios, as terras fulvas do seu próprio país depois de um verão sem chuvas. O Vesúvio praticamente visível se você souber para onde olhar. Começo de outubro agora, e ainda nada de chuva, pelo que lhe disseram. Porém, em todo caso, o planeta canta, iluminado, como se viesse do seu centro, da barriga de si mesmo, essa grande coisa fotogênica que ele reúne na sua lente.

O Leste Europeu passa deslizando, rumo à Rússia e cobrindo a Mongólia e descendo até a China, demora só vinte minutos, e ele espera o tufão reaparecer. Está logo ali, ele sabe, na próxima virada do planeta, encolhido do outro lado dessa curvatura azul radiante, e será avistado, pleno e quase diretamente acima. Todo dia ele o surpreende. Que coisa inesperada e estranha é esse planeta-espaçonave passar diante do seu campo de visão. Talvez não haja nenhum outro objeto observado assim no universo — quem sabe? Não são apenas seus olhos ou os do restante da tripulação observando-o, não apenas as lentes do espectrômetro, mas os outros aparelhos que observam e fazem imagens da Terra anexados à estação e milhares de satélites enxameando e zumbindo em órbita terrestre alta ou baixa, bilhões de ondas de rádio transmitidas e recebidas.

Aqui ele está agora, um não robô com uma câmera e um par de olhos de visão perfeita, com um coração que se precipita para a frente e tropeça diante da singularidade da Terra. Que bate contra suas costelas enquanto ele filma.

ÓRBITA 4, EM DESCENSÃO

As mãos deles estão dentro de caixas de experimentos vedadas ou então montando e desmontando componentes deteriorados ou preenchendo as bolsas de liberação automática de alimentos nos módulos dos ratinhos, os pés presos em cabos nas estações de trabalho; as chaves de fenda, chaves inglesas, tesouras e lápis ficam boiando aqui e ali ao redor da cabeça e dos ombros deles, um par de pinças se liberta e vai navegando até os dutos de ventilação, os quais, com seu tragar imperceptível, acabam sendo o local em que todas as coisas perdidas vão parar.

Descem, passando por Xangai, que é um litoral despovoado durante o dia, às margens de um continente com todos os tons imagináveis. É sua quarta órbita diurna ao redor da Terra, e embora a trajetória orbital siga na direção leste, em todo caso, a cada trânsito completo ela se desloca mais a oeste, por conta da rotação da Terra, de modo que eles — assim como o tufão — seguem avançando com firmeza para o interior, deixando o Pacífico, rumo à Malásia e às Filipinas, e o tufão se apressa logo atrás.

Param tudo que estão fazendo e pegam as câmeras. O estalo de múltiplos obturadores, o ranger das lentes, as solas brancas das meias erguidas no ar enquanto a tripulação se reúne nas janelas de observação da Terra, pressionando com delicadeza contra o vidro blindado, abismados com o que veem. O que veem é uma imagem ininterrupta do tufão e um sorvedouro profundo no centro. Um planeta feito inteiramente de nuvens rodopiantes.

Em solo, as pessoas são orientadas a evacuar. Chegam imagens do espaço, confirmando o que as revoadas de pássaros e bodes em fuga parecem ter descoberto primeiro: esse tufão já encontrou combustível o suficiente para se expandir até uns quatrocentos e oitenta quilômetros de largura, com uma velocidade alarmante. A todos nas Filipinas: fujam ou se preparem. Aos que estão nas ilhazinhas minúsculas ao leste: só fujam daí. A um pescador e sua família em particular, Pietro pensa, fujam agora, fujam para ontem. Mas para onde fugir? E como? Para o pescador, há a necessidade protetora de não deixar suas coisas para trás, pois são as poucas coisas que lhe restaram depois do último tufão e aquele que veio antes ainda e o que veio antes desse. Restam talvez doze horas até ele chegar, e você está numa ilhota próxima a uma ilha, que está no oceano, desesperadamente baixa. Então, tudo o que pode fazer é se esconder, desesperadamente. Você já sobreviveu a todos os outros. Sua casa é feita de zinco, papelão, tábuas e gravetos, e hoje em dia os tufões são tão frequentes e imensos que não existe propósito em construir algo melhor do que isso, é mais fácil não ter muito a perder do que estar sempre perdendo alguma coisa.

Por isso, você fica. E olha para cima, para o céu noturno agitado onde um amigo improvável, um astronauta, passa seus dias e lhe manda fotos de Samar, sua ilha, com seus mares turquesa. Ele diria para você ir embora daí. A qualquer minuto agora você vai olhar o celular e ver que há uma mensagem dele o alertando para ir embora. Ele vai se oferecer para chamar alguém para ajudar, lhe arranjar um voo.

    Sua esposa lhe diz, com cautela, *ele é um homem gentil*, o que é verdade. O mais gentil dos homens. Manda dinheiro todos os meses para pagar a escola das crianças e você só o encontrou uma única vez, numa excursão de mergulho (logo na lua de mel dele), enquanto você estava no seu barquinho pesqueiro. Você tinha deixado cair a faca que usa para cortar a linha e ela afundou num instante. Essa faca lhe custou dez dólares, e era boa e afiada. E eis que subiram à tona, esse astronauta e sua esposa, que estavam mergulhando entre os cardumes a um salto de golfinho dali, e viram seu rosto sobre a beirada do barco. Desceram os dois durante quinze minutos, recusando-se a subir até encontrarem a faca, simplesmente se recusando. Não faz mal, você lhes disse, erguendo a mão, não se deem ao trabalho. Mas eles se deram e a encontraram por algum milagre, cravada entre as rochas a uma profundidade de vinte e cinco metros.

    Um astronauta e um pescador. Que choque de mundos. Ele veio jantar com sua esposa e encantou seus filhos e lançou um feitiço de deslumbramento sobre sua casa de papelão como se tivesse caído do próprio espaço naquela tarde. E embora a esposa nunca tenha perdido sua desconfiança natural, ela também foi em grande parte conquistada. Até a foto que ele tirou de vocês todos tem um feitiço de deslumbramento — sua esposa com o rosto esguio e melancólico e você mesmo, intenso e leonino, as quatro crianças (sentadas, em pé, surpresas, desconfiadas, serenas, sorrindo, abraçadas), um coletivo de beleza caótica — como se, pela primeira vez, ele tivesse feito com que você reparasse no quanto seus filhos são lindos.

Você tem a fotografia agora nas mãos. Se fossem todos fugir da tempestade, essa seria a única coisa que traria consigo, a foto do astronauta. Contudo, eles não vão fugir. Fugir para onde? Não é assim que funciona. Você tem sua vida, e não há como tirá-la daí.

Acima fica o terminador, aquela fronteira marcada entre o dia e a noite que recai sobre a envergadura do planeta. Fatia a Papua Nova Guiné em duas. Essa metade dia, aquela metade escura.

A metade iluminada da ilha repousa exuberante e draconiana, com suas montanhas míticas na longa noite passada, seus litorais delineados por praias bioluminescentes. Sua metade obscura é uma sombra sobre águas azul-royal. Uma ou duas luzes elétricas na costa. A nave desliza para o sudeste rumo à escuridão fechada, as ilhas Solomon, Vanuatu, Fiji, partículas de ouro pálido. Curvando-se a estibordo vem o brocado suave de Camberra, Sydney e Brisbane, depois basicamente um grande nada, exceto pela extremidade, costurada pela nave, da Nova Zelândia, que pontua de leve os mares do Sul.

A essa altura do ano, há menos de seis horas de noite absoluta nessas regiões mais ao norte da Antárctica, e o resto é dia e nuances de lusco-fusco. Agora é aquela noite breve e brusca. Numa base de pesquisa na Antárctica, alguns biólogos que estudam migração acabaram de montar acampamento para a chegada anual das gaivinhas-do-árctico. Elas chegarão, tendo viajado de polo a polo, esses passarinhos escassos. Terão digerido alguns dos seus órgãos internos para se tornarem maratonistas e viajarem algumas dezenas de milhares de quilômetros. Princípio de outubro agora, e a Antárctica se liberta do que foi um longo e tenaz crepúsculo, fervilhando de krill embaixo do gelo. E os biólogos vão esperar até que apareçam lampejos brancos e o céu seja preenchido com o grasnado e o crocito penetrantes de uma revoada por vir. Porém, agora no intervalo estreito de escuridão, os biólogos saem e se deparam com outra coisa. Sequer precisam olhar para cima para saberem que está lá. Ao redor da base, há um anel verde. Os marcianos estão chegando, dizem. Batem os pés sobre aquela neve lunar enquanto uma luz vermelha racha a Via Láctea em duas.

De lá de cima no espaço, onde Roman espia de passagem pela cúpula das janelas, a vista a princípio é indistinta. Demora um momento para se orientar. A vastidão invernal de um grande nada, nuvens peroladas, e então o brilho conhecido de um manto de gelo num declive do Círculo Antártico. A estibordo, as Sete Irmãs audaciosamente radiantes. Às vezes há uma urgência para ver uma coisa em particular — as Pirâmides ou os fiordes da Nova Zelândia ou o laranja forte de um deserto de dunas de areia inteiramente abstrato que o olho não consegue sondar —, a imagem poderia facilmente ser um close de uma das células cardíacas que eles mantêm nas placas de Petri. Às vezes dá vontade de ver a cena toda, essa ópera, a atmosfera da Terra, a luminescência atmosférica, e às vezes são as menores coisas que há, as luzes de barcos pesqueiros no litoral da Malásia, seu pontilhado feito estrelas no oceano negro. Contudo, agora Roman pode começar a ver o que ele suspeitava que estava lá, algo que todos, usando uma espécie de sexto sentido, sabem que está lá — o verde e vermelho flexível e mutável das auroras que serpenteiam em torno do interior da atmosfera, magníficas e aflitas, como alguma coisa aprisionada.

Nell, ele diz, venha aqui, rápido. Nell, que está de passagem pelo módulo, vai nadando até a cúpula. Os dois estão pisando no ar, vigiando.

A luminescência atmosférica é de um amarelo esverdeado poeirento. Embaixo, no vão entre a atmosfera e a Terra, está uma penugem de neon que começa a se mexer. Ela ondula, derrama-se, é uma fumaça que se espalha pela face do planeta; o gelo é verde, o ventre da nave é um esquife alienígena. A luz ganha contornos e membros; se dobra e se abre. Faz pressão contra o interior da atmosfera, se contorce e se flexiona. Dispara plumas. Fluoresce e se ilumina. Então se detona em torres de luz. Uma erupção nítida pela atmosfera que arma torres com trezentos e vinte quilômetros de altura. No topo das torres há uma pincelada de magenta que obscurece as estrelas, e do outro lado do globo vem um zumbido cintilante de luz que chega rolando, uma luz bruxuleante, trêmula, holofótica, e as profundezas do espaço são mapeadas em luz. Aqui uma inundação de verde a verter-se, ali as lâminas serpentinas de neon, ali as colunas verticais de vermelho, ali os cometas passando numa labareda, ali as estrelas próximas que parecem girar, ali as estrelas distantes nos céus, além deles os pontos que quase não se veem.

A essa altura, Shaun e Chie já chegaram, e Anton está na janela do módulo russo, e Pietro no laboratório, os seis atraídos como mariposas. A órbita ronda sobre a Antártica e começa sua ascensão rumo ao Norte. Deixa ondas de aurora no seu rastro. As torres colapsam como se exauridas, tiques de verde no campo magnético. O polo Sul recua atrás deles.

O rosto de Roman é como o de uma criança. *Ofiget*, ele murmura. Um *uau* roubado do fundo da garganta. *Sugoii*, responde Chie, e Nell faz eco. Lembre-se disso, pensam os presentes. *Lembre-se* disso.

ÓRBITA 5, EM ASCENSÃO

Faz quinze dias, mais ou menos, que Anton teve um sonho sobre o pouso iminente na Lua. Na verdade, foram dois sonhos em duas noites consecutivas, ambos muito parecidos (o que é típico do cérebro dele, realizar repetições técnicas do mesmo sonho a fim de testar sua eficiência). Não é que ele, por ser um cosmonauta, normalmente sonhe com a Lua ou com o espaço — pelo contrário, por ser um cosmonauta, o normal é ele ter sonhos bastante práticos sobre como usar uma chave inglesa para sair pela janelinha de um dos cômodos durante um incêndio. Sonhos de treinamento. No entanto, nos últimos tempos suas noites se veem inundadas de imagens, seus sonhos são estranhos e saudosos como se não fossem seus próprios, mas de alguma outra pessoa. E agora esse sonho repetido, sem dúvida por causa dos astronautas que saíram ontem do cabo Canaveral. Ele sonhou — logo com isso, de todas as malditas coisas americanas — com a imagem registrada por Michael Collins na primeira missão bem-sucedida à Lua, em 1969: a fotografia do módulo lunar deixando a superfície da Lua, e a Terra ao fundo.

Nenhuma cabeça russa deveria estar mergulhada em pensamentos como esses. Do lado dele não se fala disso e o silêncio é inteiramente rancoroso — o décimo terceiro, o décimo quarto, o décimo quinto, o décimo sexto americano a pousarem na crosta poeirenta e santificada da Lua, porém nem mesmo uma única bota russa. Nem umazinha. Nem uma única bandeira russa. Nenhum cérebro russo deveria estar sonhando com isso, não com esse pouso lunar, nem com o primeiro ou segundo ou terceiro ou quarto ou quinto ou sexto, mas como fazer para impedir esses sonhos?

Na fotografia tirada por Collins está o módulo lunar que leva Armstrong e Aldrin, logo atrás deles na Lua e, a uns quatrocentos mil quilômetros além disso, a Terra, uma meia esfera azul pendurada em puro breu que sustenta a humanidade. Michael Collins é o único ser humano que não está na fotografia, dizem, e isso sempre foi uma fonte de profundo encantamento. Absolutamente todas as outras pessoas que existem neste momento, até onde a humanidade tem ciência, estão contidas naquela imagem; apenas uma delas não está, aquela que tirou a foto.

Anton nunca compreendeu essa afirmação de verdade, ou pelo menos seu encanto. E todas as pessoas do outro lado da Terra que a câmera não captou? E todo mundo no hemisfério Sul, onde é noite, engolidas na escuridão do espaço? Elas estão na foto? Na verdade, não há ninguém na foto, ninguém que possa ser visto. Todos são invisíveis — Armstrong e Aldrin dentro do módulo lunar, a humanidade invisível num planeta que poderia facilmente, visto assim, ser desabitado. A prova mais forte, mais dedutível da existência de vida nessa fotografia é o próprio fotógrafo — o olho no visor ocular, a pressão quente do dedo sobre o botão do obturador. Nesse sentido, a coisa mais encantadora na foto de Collins é o fato de que, no momento em que a foto é tirada, ele é mesmo a única presença humana contida nela.

Ele imagina seu pai ficando furioso com esta ideia — a de que a única presença humana naquela fotografia, a única forma de vida no universo, seja americana. Ele se lembra então de como seu pai lhe contava histórias sobre pousos na Lua, causos repetidos, detalhados e extravagantes que ele supunha serem verdade, já que era seu pai quem estava contando, mas claro que se tratava de fábulas. Que impacto poderoso essas fábulas tiveram sobre ele. Quando perguntou ao pai se ele poderia ser o próximo russo a ir para a Lua quando crescesse, o pai disse que sim, ele poderia, ele iria, estava escrito nas estrelas. Que na superfície da Lua, perto da bandeira russa, havia uma caixinha de Korovka, a bala de caramelo de que ele gostava, deixada pelo último cosmonauta que esteve lá. Aquela caixa tinha o nome de Anton nela, e um dia ele comeria aquelas balinhas.

É difícil lembrar ao certo quando foi que ele se deu conta de que nada daquilo era verdade — que nunca nenhum russo esteve na Lua, que não havia bandeira alguma e nada de Korovka. Tampouco é capaz de se lembrar de quando foi que ele decidiu que iria concretizar as histórias do seu pai, apesar de tudo: ele mesmo iria para lá. Foi o que disse à sua esposa. Ele lhe falou, com uma certeza suprema, com um orgulho antecipado e um sentimento crescente de dever nacional, pessoal, marital e posteriormente paternal; ele iria para lá, o primeiro russo, mas não o último. Foi há muitos anos que Anton falou isso à esposa.

No primeiro sonho que teve, há quinze dias, estava apenas olhando a foto — ou a imagem na fotografia era sua realidade, como se ele fosse Collins e estivesse à deriva, sozinho, o único homem no universo. No segundo sonho, era o mesmo estar à deriva, a mesma solidão tranquila, e então ele ouvia algo que se tornava um vago murmurinho, o murmurinho gorgolejante de milhares ou milhões de vozes e, ao escutar melhor, a Terra se aproximava e as vozes viravam uma única voz, num clamor que era sua própria voz. Ele via a si mesmo ou talvez não — via sua voz ou *era* sua voz —, parado sobre a própria superfície da Terra, olhando para o espaço e para a Lua, que estava distante ao extremo, do tamanho de um grão de areia — e gritava para a esposa que agora se via atrás da lente da câmera em algum lugar ou perto dessa Lua distante. E é claro que ela não conseguia ouvi-lo, mas Anton sabia de algum modo que ela conseguia vê-lo na lente da câmera, gritando e gesticulando, como se quisesse ser resgatada ou vir resgatá-lo; ele não sabia ao certo qual dos dois.

Nell às vezes quer perguntar a Shaun como é ser astronauta e acreditar em Deus, ainda mais num Deus criacionista, mas ela sabe qual seria a resposta. Ele perguntaria como é ser astronauta e não acreditar em Deus. Ficariam sem resposta. Ela apontaria para as janelas a bombordo e estibordo, onde a escuridão é infinita e feroz. Onde sistemas solares e galáxias se dissipam com violência. Onde o campo de visão é tão profundo e multidimensional que quase dá para ver a curva do espaço-tempo. Olhe, ela diria. O que criou isso aí, senão uma força lançadora linda e negligente?

E Shaun apontaria para as janelas a bombordo e estibordo onde a escuridão é infinita e feroz, para os mesmos exatos sistemas solares e galáxias dissipados com violência e para o mesmo campo de visão profundo e multidimensional curvado pelo espaço-tempo e diria: o que criou isso aí, senão uma força lançadora linda e *dili*gente?

Será então que essa é toda a diferença entre as duas perspectivas — um pouco de cuidado? Será que o universo de Shaun é o mesmo que o dela, porém feito com esmero, segundo um plano? O dela é um acontecimento da natureza e o dele é uma obra de arte? A diferença parece ao mesmo tempo banal e insuperável. Ela se lembra de caminhar no bosque com o pai num dia de inverno quando tinha nove ou dez anos, e havia uma árvore enorme pela qual eles quase passaram reto até perceberem que era uma criação artificial, uma escultura feita de dezenas de milhares de gravetos colados juntos, entretecidos para darem a impressão de nós na madeira, casca de árvore, troncos e galhos. Não dava para distingui-la das outras árvores desfolhadas pelo inverno, exceto pelo fato de que, depois que você se dá conta de que é uma obra de arte, ela passa a pulsar com uma energia, uma atmosfera diferente. Essa é a sensação que ela tem do que separa o seu universo do de Shaun — uma árvore feita pela mão da natureza e uma árvore feita pela mão de um artista. Quase não há diferença, mas também é a mais profunda diferença do mundo.

Ela, porém, não lhe pergunta nada disso e enquanto almoçam, só os dois, Shaun diz de repente: Assisti ao primeiro pouso na Lua com meu pai e meu tio, numa tarde de domingo, uma gravação que meu pai tinha. E sabe de uma coisa?

Ele paira sobre a mesa da cozinha com o garfo mergulhando na direção de um sachê de costela de carne bovina, mas para no meio da reflexão, o garfo detido.

Foi um evento, ele diz, um amadurecimento, eu tinha dez ou onze anos e foi a primeira coisa assim que eu fiz com meu pai e meu tio, em que eles pareciam me tratar como se eu fosse um deles. Não gostei. Essa é a verdade, eu não gostei.

Lá está Nell, com sua perpétua expressão de espanto, os cabelos curtos e o jeito que ficam eriçados, como se uma corrente passasse por eles, as bochechas infladas pela falta de gravidade. Ela corta a ponta do sachê de risoto, que não está aquecido até o ponto que gostaria, mas é isso, ela está com fome. Fica como um cavalo-marinho comendo, nunca exatamente parada, e Shaun está de frente para ela, nunca exatamente parado. O vago esvoaçar das suas roupas acima da pele.

Antes disso, ele diz, eu lia todos os livros sobre o espaço, como toda criança faz, os livros sobre o programa do ônibus espacial, e colava cartazes nas paredes, do *Apollo*, da *Discovery*, da *Atlantis*. Acho que era um sonho. Mas um dia vi um vídeo do primeiro pouso na Lua com meu pai e meu tio, bem, era a cara do meu pai. Ele parecia estar preenchido por um anseio, ele e meu tio, como se aquilo fizesse com que a vida deles parecesse ao mesmo tempo plena e vazia. Não gostei. Me desanimou. Pensar na cara do meu pai, todo faminto e carente.

Nell pensa que conhece esse olhar, o olhar que os homens têm quando assistem a esportes, digamos futebol, torcendo por um time que os confirma quando ganha e logo depois os renega, pois a glória pertence ao time, não ao homem sentado no sofá que nunca, jamais, estará num time desses.

Shaun para de comer e deixa o garfo flutuar, depois o apanha, deixa-o flutuar e o apanha outra vez.

E eu pensei naquele dia, ele diz, lembro-me de ter pensado — quem ia querer ser astronauta? De repente me pareceu algo meio tosco, como se fossem as projeções de todos os homens frustrados e tristes dos Estados Unidos.

Fantasias, diz Nell.

Fantasias, diz Shaun.

Nell faz que sim com a cabeça. E Shaun dá risada, como quem diz, E olhe só pra gente agora.

Acho, diz Nell, que quando assisti ao lançamento do *Challenger* na infância, foi aí que me pegou. Não foram os pousos na Lua, foi o *Challenger*. Me dei conta de que o espaço é real, o voo espacial é real, uma coisa real que as pessoas fazem e morrem fazendo. Pessoas reais, que nem eu, poderiam de verdade fazer uma coisa dessas, e se eu morresse fazendo isso, tudo bem, posso morrer assim. E quando parou de ser um sonho e virou um... alvo. Um objetivo. E desenvolvi um interesse obsessivo pelos astronautas que morreram. E foi assim que tudo começou, acho.

Lembro-me com tanta clareza, Shaun diz. Lembro-me de ter assistido. Aquilo me deixou cagado de medo.

Me deixou cagada de medo também, diz Nell.

Não é normal eles conversarem sobre essas coisas. É um desvio dos assuntos costumeiros dos procedimentos a serem realizados na estação, as ditas escalas de serviço, a identificação e o reparo de vazamentos nos mecanismos de acoplamento, a limpeza dos filtros bacterianos ou a substituição da entrada de uma ventoinha ou do permutador de calor. Ou então as conversas sobre os programas de TV que viam quando eram crianças ou os livros que adoravam; pelo visto, todos conheciam o Ursinho Pooh de uma forma ou de outra nos seus cinco países diferentes. Winny-Puh l'orsetto, Pooh-san, Vinny Pukh: o mesmo ursinho de desenho animado em algum domínio do seu coração. Mas, quando o assunto era o que os tinha trazido até aqui, quais suas motivações e desejos, essas coisas ficavam para trás. Todos chegaram aqui, é o que pensam. Você chega e sua vida recomeça e tudo que veio com você veio só na sua cabeça, e a não ser que seja necessário é lá que essas coisas ficam, porque o agora é isto aqui. Este é seu lar.

Shaun faz um café e Nell se pergunta se deve dizer o que está prestes a dizer. O crucifixo que ele usa numa correntinha balança embaixo do queixo; é por isso que ela sempre tem vontade de lhe fazer perguntas sobre religião, por causa daquele crucifixo, cuja presença é tão visível. Ele tira um pacote de castanhas sortidas do bolso, abre, arremessa uma avelã no ar e vai atrás dela com a boca aberta, feito uma truta.

Aqueles sete astronautas que morreram no *Challenger*, ela diz, eu sabia tudo da vida deles, tudo.

Shaun traga o bico do copo de café de plástico — é cômico, como beber de um regador de brinquedo.

Eu tinha só sete anos de idade, ela diz. Preguei fotos deles na parede, da tripulação. Fiquei, sei lá, uns três anos acendendo velas no aniversário deles.

Shaun diz, É mesmo?

É.

Nossa.

Eu me pergunto agora por que meu pai nunca tentou me convencer a não fazer isso.

Shaun faz que sim com a cabeça, devagar, daquele seu jeito observador, mastigando, processando a imagem dessa criança acendendo velas para astronautas mortos; acendendo velas, ponto-final, meu Deus. Mas para astronautas. No entanto, por que não? Ele costumava deixar armadilhas com cabo de fibra óptica no quarto para impedir a irmã de entrar. Todas as crianças aprontam as delas.

Fiquei horrorizada, diz Nell. Fiquei horrorizada porque eles estavam lá e aí desapareceram, em setenta segundos. Desapareceram.

Sim, claro, diz Shaun.

Em setenta segundos, desapareceram.

Com o mundo inteiro assistindo, ele diz. Crianças assistindo.

Todo mundo assistindo, todo mundo — Nell hesita, como se tivesse chegado à beira de um precipício. Quando eu era criança, esse pensamento não me deixava dormir, diz. Só de pensar no quanto as coisas podem se transformar tão rápido. E meu pai, ele simplesmente deixou. As velas afastam demônios, foi o que ele me disse uma vez, numa tentativa de me consolar — é por isso que a gente as acende quando lembramos de alguém, para manter os demônios longe dessas pessoas. Meu pai raramente dizia coisas absurdas, mas isso foi absurdo. De que serve essa proteção contra demônios quando você estava num ônibus espacial que se partiu em cinco mil pedaços, quando seu compartimento despencou quase vinte quilômetros a centenas de quilômetros por hora e se espatifou no oceano? Se existissem demônios, então será que eles já não tinham agido?

Disto ela se lembra com clareza: de encontrar velas de aniversário e porta-velas no armário da cozinha, plantá-las em massinha e deixá-las ali, horas a fio sem ousar acender o fósforo, sabendo que não tinha permissão para isso, com medo de que fossem fazer algo perigoso, talvez explodir na sua mão.

Shaun não responde, mas não há nada de desdenhoso no seu silêncio. Parece estar pensativo. Nell também. Pensando em como ela chorou quando os destroços e os corpos dos astronautas foram recuperados no mar mais de um mês depois, e como ela se enterrou nessa obsessão no meio daquele luto que ela sequer conseguia começar a compreender. Seu pai pensa que é capaz de ela estar enterrada nisso até hoje.

Por uma fração de segundo, Shaun pensa, o que diabos estou fazendo aqui, numa lata no vácuo? Um homem enlatado numa latinha. Separado da morte por dez centímetros de titânio. Não apenas da morte, mas da inexistência, da obliteração.

Por que alguém faria uma coisa dessas? Tentar morar num lugar onde não é possível sobreviver? Tentar ir aonde o universo não quer que você vá, sendo que há uma Terra ali perfeitamente adequada que lhe quer nela. Ele nunca tem certeza se o desejo do ser humano de ir ao espaço é curiosidade ou ingratidão. Se esse anseio ardoroso faz dele um herói ou um idiota. Sem dúvida, nem um nem outro, mas uma coisa entre os dois.

Os pensamentos batem numa parede e perecem. Depois renascem numa apreensão súbita, pela centésima vez só hoje, por aquelas quatro almas, seus colegas e amigos, a caminho da Lua.

Anime-se, sua esposa uma vez lhe disse, se você morrer lá em cima os milhões dos seus pedacinhos vão ficar em órbita terrestre; é uma coisa boa de se pensar, não é? E abriu um sorriso conspiratório. E pegou no lóbulo da orelha dele, do jeito que sempre fazia.

*

Oi, oi, ratinhos, sussurra Chie. Oi, oi.

Ela apanha a unidade da prateleira de experimentos e sai deslizando um módulo, e um rato no interior se amedronta e tenta recuar. Ela o agarra com os dedos. Ao redor da estação há burburinhos do rádio, como um córrego cheio depois da chuva, burburinhos com papo sobre a Lua agora que é de tarde e os Estados Unidos está acordado. *A primeira astronauta a pisar na Lua, um novo grande salto para o homem — e para a mulher também.*

Há cinco unidades com oito ratinhos — aqueles que não foram tocados pela mão da ciência (exceto pelo foguete que os trouxe até aqui), aqueles que recebem injeções regulares para evitar que seus músculos definhem e aqueles que nasceram modificados, fortes e preparados para uma vida sem gravidade.

Os intocados, nos grupos de um a três, parecem definhar dia após dia. Em uma semana desde que chegaram no veículo de mantimentos é como se a alma deles tivesse desmoronado. Os olhos pretos se arregalam no seu corpo minguante; seus pés são grandes e inúteis, o que lhes dá a aparência de algo aberrante e pouco evoluído.

Os ratos no grupo quatro que receberam injeções com o receptor isca são maiores e mais robustos. Um por um, Chie os levanta e faz uma pressão firme com o dedão na nuca, pois assim eles sabem que não é para se debaterem, só ficarem parados; fixam os olhos em algo que não dá para adivinhar o que é. Nem mexem as orelhas de morcego, felpudas e caídas. O outro dedão aperta uma seringa com delicadeza. Ao serem liberados, cada ratinho escapole da mão dela e volta para a gaiola.

Os ratos modificados do grupo cinco, porém, são mais audaciosos, como se soubessem por algum instinto que seu tamanho avantajado lhes confere maior benefício e poder. Quando ela põe a mão para substituir suas barras de ração, eles se aproximam e guincham, interessados na mão dela, que não é tão maior do que eles. Enquanto isso, os músculos atrofiam nos ratos não modificados e eles cabem na sua mão feito ameixas. Ela leva a boca ao ouvido deles. Desculpem, sussurra, mas nenhum de vocês vai sair vivo desta. Nem os pequenos nem os maiores. Estão todos fritos. Sinto muito em lhes dizer isso.

Os ratos parecem aceitar essa notícia com um grau de estoicismo. É assim que vocês precisam ser, ela diz. Sempre estoicos. Ela acaricia a coluna vertebral ossuda com o dedão. A cerimônia da mãe de pegar ossos é algo de que ela sempre vai sentir saudades, quando vasculhavam as cinzas depois da cremação atrás de fragmentos de ossos que teriam sobrevivido ao processo. Essa saudade é uma das mais difíceis. O osso que ela mais gostaria de ter encontrado é o que corre no interior do antebraço, a ulna ou o rádio, aquele osso longo e expressivo que sempre via dentro do pulso da mãe, quando ela lavava ou escovava os cabelos de Chie, o modo como seu mecanismo tensionava e se mexia, feito uma polia. Para o cérebro jovem de Chie, isso era de uma perfeição que sempre pareceu robótica. Aquele osso ou alguma lasca dele. Talvez peça ao tio que procure em seu lugar.

Na cozinha, Pietro almoça macarrão com queijo. Bem, pelo menos eles chamam de macarrão e chamam de queijo. Antes de sair da Terra, sua filha adolescente lhe perguntou: Você acha que o progresso é uma coisa bonita? Sim, sim, ele respondeu, sem precisar pensar. Tão bonita, meu Deus.

Mas e quanto à bomba atômica e o que é mesmo?, aquelas estrelas falsas que vão pôr no espaço na forma de logotipos de empresas e os prédios que vão imprimir na Lua, na poeira da superfície? Queremos prédios na Lua?, ela perguntou. Eu amo a Lua como ela é, disse. Sim, sim, ele respondeu, eu também, mas essas coisas todas são bonitas, porque a beleza não deriva de elas serem boas, elas são bonitas porque estão vivas, como uma criança. Vivas, curiosas e inquietas. Deixe o bom de lado. São bonitas porque há luz nos seus olhos. Às vezes destrutivas, às vezes danosas, às vezes egoístas, mas bonitas, por estarem vivas. E o progresso é assim, vivo por natureza.

Tudo muito bacana, mas na época ele não estava pensando nesse macarrão com queijo pronto para consumo no espaço, que não é nem bom, nem bonito, nem fabricado a partir de qualquer coisa que possa um dia ter tido vontade de viver. Uma vez ele tentou dar uma incrementada na comida com uma cabeça de alho fresco que chegou no veículo de mantimentos. Esquentou os dentes de alho misturados com azeite num velho sachê de bebida, imaginando que resultaria numa pasta gordurosa que daria para misturar em tudo, mas o sachê superaqueceu e se derramou no fogão, na cozinha, nos alojamentos, nos laboratórios, e tudo ficou com um cheiro pungente durante dias, semanas aliás. Na verdade (já que os cheiros não têm para onde ir numa nave vedada com o ar infinitamente reciclado) é provável que ainda esteja lá.

Ele consegue até ouvir o rádio. Algo a respeito de Órion, irmão de *Artemis*, a espaçonave dos astronautas lunares durante sua jornada de três dias até pousarem na Lua. Ártemis, deusa da Lua, deusa arqueira da caça. Estranho como a ciência de ponta se reveste com os deuses e deusas dos mitos. Independente disso, qual deles aqui não iria querer ser um dos astronautas naquela nave divina e ensandecida? Pisar num outro corpo rochoso que não seja a Terra; será que é necessariamente verdade que, quanto mais você se afasta de alguma coisa, mais perspectiva dá para ter a seu respeito? É provável que seja um pensamento infantil, mas ele tem essa ideia de que, se você se afastar o suficiente da Terra, dá para enfim compreendê-la — vê-la com seus próprios olhos, como um objeto, um pontinho azul, uma coisa cósmica e misteriosa. Não compreendê-la como um mistério, mas compreender que ela é misteriosa. Enxergá-la como um modelo matemático de inteligência de enxame. Ver sua solidez se desmanchar.

Na pausa para o almoço, Roman está tentando fazer funcionar o aparelho de rádio pacote, mas estão agora acima do interior desabitado da Austrália, onde não há ninguém, que dirá um homem ou mulher com um rádio amador. Para sua surpresa, chega um estalo, mas nada muito discernível. Alô?, ele diz. *Zdraste?* Colada com velcro na parede da cozinha russa há uma fotografia de Sergei Krikalev, o primeiro russo na primeira expedição à estação espacial, o homem que ajudou a construí-la, o homem que foi enviado ao espaço pela URSS antes disso, que passou quase seis meses a mais do que o planejado em órbita na *Mir*, porque, enquanto estava lá, a URSS deixou de existir e ele não podia voltar para casa. Durante um ano, todos os dias, ele conversava com uma cubana via rádio pacote que lhe enviava notícias do seu país em colapso. O herói de Roman, Krikalev. Seu ídolo. Um homem gentil, pouco celebrado, porém quieto e inteligente.

Mas não se pode ter tudo, pensa Pietro, limpando o garfo. Em órbita não há muito tempero, falta pão fresco, o experimento com o alho saiu pela culatra e, em todo caso, o paladar e o olfato ficam detonados, mas há uma euforia que vem atrás da gente e vem com uma furtividade aveludada, nos encontrando nos momentos mais sem graça, e então dá para sentir as estrelas do hemisfério Sul do outro lado da casca metálica da nave. Sem nem mesmo olhar, dá para senti-las, numerosas e agrupadas. E sua filha tinha razão em lhe perguntar a respeito do progresso, e ele queria não ter encerrado a questão de um jeito tão convencido e sofista, já que é uma pergunta que parte de certa inocência mental e pede que respondam na mesma frequência. A resposta devia ter sido: Não sei, meu bem. Teria sido a verdade. Pois quem é que pode olhar para a investida neurótica do homem contra o planeta e achar beleza nisso? A húbris do homem. Uma húbris tão onipotente que só encontra par na sua estupidez. E essas naves fálicas enfiadas no espaço são, com certeza, o mais hubrístico de tudo, os totens de uma espécie enlouquecida pelo amor por si mesma.

Porém, o que ele quis dizer à filha — e o que ele dirá ao voltar — é que o progresso não é uma coisa, mas sim um sentimento, é um sentimento de aventura e expansão que começa na barriga e vai subindo até o peito (e com tanta frequência termina na cabeça, onde tende a dar errado). É um sentimento que ele mesmo tem quase o tempo inteiro quando se vê aqui, tanto nos grandes momentos quanto nos pequenos — a consciência, sentida na barriga/peito, da beleza profunda das coisas, de alguma graça improvável que o fez disparar até aqui embrenhado nas estrelas. Uma beleza que ele sente enquanto passa o aspirador nos painéis de controle e dutos de ventilação, enquanto almoçam separados e depois jantam juntos, enquanto empilham suas excreções num módulo de carga para o lançarem na direção da Terra, onde será incinerado na atmosfera e desaparecerá, enquanto o espectrômetro vasculha o planeta, enquanto o dia se torna noite, que rapidamente se torna dia, enquanto as estrelas aparecem e desaparecem, enquanto os continentes passam lá embaixo numa infinidade de cor, enquanto ele apanha um pingo de pasta de dente em pleno ar com a escova, enquanto penteia o cabelo e sobe ao fim de cada dia, cansado, até seu saco de dormir solto para se pendurar, nem direito nem de ponta-cabeça, pois não existe o direito, um fato que o cérebro já passou a aceitar sem discussão, enquanto se prepara para passar sua noite falsamente imposta, quatrocentos quilômetros acima de qualquer solo diante do Sol que nasce e se põe aos trancos lá fora. Isso é o que Pietro gostaria de poder descrever para a filha, ou melhor, compartilhar com ela (como ele adoraria que ela pudesse subir até aqui com ele) — esse testemunho aberto e delicado de que está tudo bem, que esteve do seu lado nas suas duas missões. Então, talvez sua resposta tenha sido convicta demais, mas como poderia ser de outro modo quando aqui, dentre todos os lugares em que se encontram as breves, mas laboriosas atribuições do homem, é impossível negar a beleza do progresso?

Vamos fazer o seguinte, diz Chie aos ratos. Eu volto e vejo vocês esta noite, se conseguirem aprender a voar. Não podem continuar se agarrando às barras da gaiola durante o tempo que lhes resta, que não é muito, aliás, isso eu lhes garanto. Vocês vão cair no oceano Atlântico daqui a poucos meses. Se sobreviverem, serão analisados num laboratório e rapidamente sacrificados à ciência. Melhor soltar, façam isso de uma vez agora. Vocês vão gostar da falta de gravidade, se perderem o medo. A vida é curta (ainda mais a de vocês). Podem soltar, sejam corajosos.

Lá estão elas, às margens do campo de visão de Anton no portal do laboratório, as estrelas. A constelação do Centauro e o Cruzeiro do Sul, Sirius e Canopeia. O triângulo invertido do verão de Altair, Deneb e Vega. Anton cuida do seu trigo, que cresce com um vigor que às vezes lhe parece tocante, às vezes emocionante, às vezes triste, mas uma escuridão estarrecedora o detém. Não o esplendor teatral do planeta pendurado, a girar, mas o retumbante silêncio de todo o resto, o *sabe Deus o quê*. Foi assim que Michael Collins chamou, ao orbitar o lado escuro da Lua sozinho — Aldrin, Armstrong, a Terra e a humanidade, todo mundo do outro lado, e para cá, só ele e sabe Deus o quê.

Shaun faz contato, pelas equipes de solo, com seus amigos astronautas a caminho da Lua. Trocam eufemismos, como é típico dos astronautas. *Um pouquinho de turbulência na subida, mas agora a navegação flui bem. Com certeza está bonito lá fora.* Ele diz que queria estar indo junto, o que é verdadeiro e falso. Queria mais do que tudo na vida, mas também sente falta da esposa e não aguentaria se afastar dela ainda mais do que já se afastou. A Lua está quase cheia, lindamente gorda. Pende baixo na atmosfera, sua metade inferior comprimida e deformada como uma almofada onde alguém sentou. Há uma luz pálida enquanto eles sobem ao norte sobre os Andes cobertos de neve, flanqueados de nuvens, depois as nuvens se afinam e surge abaixo a Amazônia, com as bolhas de queimaduras, em carne viva, dos incêndios.

Alô?, diz Roman para seu aparelho de rádio pacote na direção do continente minguante da Australásia. *Zdraste?*

E uma voz sofre para responder a ele em meio à estática e aos ruídos. Está aí? Está aí, alô?

ÓRBITA 5, EM DESCENSÃO

A Terra é um lugar de sistemas circulares: crescimento e decomposição, chuva e evaporação, que ganham vida com o ciclo das correntes de ar, empurrando o clima pelos continentes.

Você sabe disso, é claro, mas no espaço dá para ver. Os ciclos do clima. É o que Nell poderia passar o dia inteiro assistindo. Pesquisadora de meteorologia antes de ter virado astronauta, ela tem um olho para o clima. Como a Terra arrasta o ar. Veja só como as nuvens no equador são arrastadas para cima, rumo ao leste, dada a rotação da Terra. Todo o ar quente e úmido evaporando dos oceanos equatoriais, tragados num arco até os polos, esfriando, afundando, sendo puxado de volta numa curva para oeste. Movimento incessante. Embora estas palavras — arrastar, tragar, puxar — descrevam a força do movimento, mas não sua graciosidade, não sua... o quê? Sua sincronicidade / fluidez / harmonia. Nenhuma dessas é bem a palavra. Não é tanto que a Terra seja uma coisa e o clima outra, mas sim a mesma coisa. A Terra é suas correntes de ar, as correntes de ar são a Terra, assim como um rosto não está à parte da expressão que ele faz.

Que expressão é essa, então, que ela pode ver agora? Esse tufão que está noventa minutos maior, noventa minutos mais forte e mais perto do continente. Não é uma fúria, como as pessoas tendem a dizer. Não se parece em nada com fúria. É mais como uma postura desafiadora, uma força, vivacidade, a cara fechada de guerreiro, os olhos esbugalhados e a língua de fora que se ostenta no *haka*.

Ela fotografa a aproximação do tufão. É extraordinário o modo como dá para ver a curvatura do ar que forma os alísios, seu derramamento para o oeste no equador, revirando o calor na superfície do oceano. Os bancos de nuvens resultantes se formam em colunas que derivam seu combustível do oceano; quanto mais quentes as águas, maior a tempestade. Disso tudo ela já sabe, mas nunca soube de um modo tão vivaz.

É uma coisa impressionante mesmo, esse tufão, diz Pietro ao chegar perto dela. Eles o observam mirar nas Filipinas, em Taiwan, no litoral do Vietnã. Sua espiral arremessa nuvens por centenas de quilômetros ao redor do seu buraco perfurado, o sifão do seu olho.

Parecem assustadoramente frágeis, né, as Filipinas, Pietro comenta. Os pequenos fragmentos de terra que são os primeiros na linha. Parece que serão simplesmente levados embora.

Nell assente. Já fui para lá várias vezes, fazer mergulho, ela diz.

Eu fui para as Filipinas na lua de mel, ele lhe conta. Fui mergulhar no fundo do recife de Tubbataha, nunca vi uma coisa tão incrível na minha vida, formas e cores e criaturas que eu jamais teria imaginado. E mergulhei também na ilha de Samar, fiz amizade com um pescador, minha esposa e eu jantamos com a família dele.

As pessoas são maravilhosas, diz Nell, tão abertas e calorosas. Fui mergulhar na baía de Coron, entre os naufrágios, e no lago Barracuda e em Malapascua — num dos dias saímos ao amanhecer e vimos raias e tubarões-raposa, os tubarões são como foices, como aço polido, parecem quase artificiais, exceto pela expressão de preocupação na sua carinha, e eles se mexem como se — como se não estivessem se mexendo, sequer turvam a água. Isso eu não vi, mas vi sim um tubarão-baleia, diz Pietro — você já viu? Não, mas vi uma coisa que eu queria muito ver, que é o peixe-sapo. Eu também, diz Pietro, meu Deus, foi uma loucura, é um negócio amarelo forte, fantástico. E a nuvem de sardinhas, ele diz. Sim, diz Nell, como um monstro marítimo que passa deslizando ao seu lado. Só uma luz, diz Pietro, correndo pelas águas. Só um tom de azul, Nell concorda. Só a luz, a cor, as criaturas, o coral, os sons, só tudo. Pietro concorda: só tudo.

Coisas surpreendentes:
A imaginação
O que matou Jack Onassis (um tumor na virilha)
Os dinossauros
Caneta azul com tampa vermelha
Nuvens verdes
Crianças de gravata-borboleta

Quando Chie teve a notícia da morte da mãe, na hora ela foi até as poucas posses terrenas que tem em órbita — uma fotografia que a mãe lhe deu pouco antes de ela subir aqui. Na fotografia, a mãe está parada na praia, perto da casa da família. Ainda é jovem. Tem vinte e quatro anos, antes de ter tido Chie, quando se mudou, recém-casada, para a casa à beira-mar. A mãe está na praia usando um casaco de lã pesado, apesar de ser julho e de que deve estar calor. No verso da fotografia está escrito *Dia do pouso na Lua, 1969*, na letra do pai. A mãe está fazendo careta para o céu, onde uma gaivota passa, aparentemente em alta velocidade. A gaivota saiu borrada, enquanto a mãe está nítida, imóvel, estreita e miúda. Não fica claro se a careta é por causa do pássaro ou do próprio céu, no ponto onde ela pensa que poderia estar a nave *Apollo*.

Para Chie, quando criança, a foto tinha um poder que ela não era capaz de compreender nem questionar. O apelo da Lua ausente, o pouso ausente, o grande dia cujo acontecimento estava sendo proclamado, mas que acontecia em algum outro lugar. Mítico em sua distância. *Dia do pouso na Lua.* Ela pensava, quando criança, que deve ter sido isso que a mãe estava olhando de lá da praia, e que talvez desse para a mãe ver a olho nu. Ou era como se a mãe tivesse sido parte do evento, de algum modo. E foi só depois que a mãe lhe deu a foto, antes da missão, que ela se lembrou desses pensamentos todos e sentiu o peso deles e a força do passado e como o passado é tão furtivo em moldar o futuro — porque ela tem certeza de que foi essa foto que gerou nela o primeiro pensamento sobre o espaço.

No verso da foto, agora embaixo de *Dia do pouso na Lua, 1969*, está escrito, dessa vez com a letra da mãe, *Para o próximo e todos os futuros dias de pouso na Lua que estão por vir*. Chie, ao ler isso, fica com a impressão de que não era típico da sua mãe escrever uma coisa dessas, a ponto de se perguntar se ela não sabia de alguma coisa, um presságio da própria morte, se não pensou em transmitir esse sentimento clandestino antes de partir. A ideia a deixa sem reação. Saudades da mãe. Saudades do quanto ela era durona, direta, distante. Sua mãe era única, é a esperança que ela nutre. Quantas outras estavam deitadas num berço quando detonaram a bomba atômica? Não muitas. Quantas outras perderam a mãe para aquela bomba num dia terrível de agosto? A vida da mãe era tranquila e estática, nem um pouco parecida com a de Chie. Pensando agora, a foto dela na praia é um emblema perfeito daquela vida, um mundo que passa por ela num borrão enquanto ela mesma permanece imóvel. Porém, embora a vida de uma e de outra não pudessem ser mais diferentes, Chie deve toda a coragem que tem à mãe. Sua resiliência e sua casca grossa, o fato de estar sempre preparada para tudo, até mesmo o que fosse dolorido ou perigoso. Sua ousadia e seu prazer diante do que é difícil ou perigoso. Seu cérebro de piloto de teste que a faz pensar voando, respirar voando, sonhar voando. A rivalidade esportiva que ela tem com a morte, uma rivalidade na qual é ela quem está ganhando, o que a faz se sentir invencível, invulnerável. Uma impetuosidade tranquila e inesperada.

Ela sabe que não é... Invencível, quer dizer. Mas vem de uma linhagem que escapou pelas rachaduras, a fissura da história, que encontrou uma saída enquanto tudo desabava. Seu avô estava doente no dia da bomba e pegou atestado do serviço, fugindo com o bebê, enquanto a avó ia ao mercado. Não restou nada da avó. Restou pouquíssima coisa de qualquer um na fábrica de munição de Nagasaki onde o avô trabalhava e onde teria estado se não tivesse passado mal. Todo mundo no Japão estava passando mal na época, anos após a guerra. Todo mundo estava meio desnutrido ou tinha cólera ou disenteria ou malária ou qualquer outro velho vírus ou infecção que roía seu corpo, sem esperança de tratamento — seu avô passou mal por um tempo, de um desses vírus, e esse era seu primeiro dia de licença do serviço. Por que naquele dia? Se tivesse ido trabalhar, teria morrido. Se não tivesse ficado em casa, a bebê não teria ficado em casa com ele; se a bebê — a mãe de Chie — tivesse ido ao mercado naquele dia, sua vidinha breve teria chegado ao fim e Chie depois nunca teria existido. Sua família deslizou pelas rachaduras do destino.

Chie olha fixo para a fotografia. Eles a deixavam exposta numa das paredes de casa; ela lembra da mãe apontando para ela. Olhe, Chie-chan, essa sou eu no dia que eles foram à Lua. Até agora ela não sabe o que vê naquele *Dia do pouso na Lua* à beira-mar; não sabe o que interpretar da estranheza dessa cena, a incongruência da imagem e do título. Examina o rosto da mãe, interroga a cara fechada em busca de uma pista quanto ao que ela possa estar denotando, mas ela mesma não sabe. Tudo que dá para interpretar é póstumo, uma superimposição, um chute atrás da verdade. Por que essa fotografia foi parar na parede quando Chie era criança? O que havia de tão particular ou revelador ou significativo a seu respeito? Será por ser uma mãe falando para a filha: E agora vou lhe mostrar o que é possível durante a vida, as possibilidades quase ilimitadas do que o ser humano (e portanto você) é capaz de fazer? Então por que a cara fechada, por que não uma expressão de possibilidade ou esperança? Ou será que ela diz: Aqui estão alguns homens alcançando a Lua — por acaso você já viu ou ouviu falar de uma única mulher entre eles, que dirá uma mulher não branca, não estadunidense, você reparou que se trata de uma reunião de homens no auge da masculinidade com seus foguetes e propulsores e a carga útil e os olhos do mundo em cima deles — isso que é o mundo, um parquinho para os homens, um laboratório para os homens, nem arrisque competir, porque qualquer tentativa de competição vai culminar em sentimentos de desalento, inferioridade e derrota, por que participar de uma corrida impossível de ganhar, por que se envolver num caso perdido — saiba então, por favor, minha filha, que você não é inferior e guarde isso em destaque no seu coração, viva sua vida inconsequente como der, com uma dignidade do ser, pode fazer isso por mim?

 Ou será que ela estava dizendo: Olhe só para esses homens indo para a Lua, tenha medo, minha filha, do que os seres humanos são capazes de fazer, pois não sabemos o que isso tudo significa, sabemos de toda a pompa e glória do espírito pioneiro do ser humano e sabemos das maravilhas da fissão atômica, sabemos do que esses avanços são capazes, sua avó ficou sabendo bem até demais, ao descer da calçada e ouvir um som que ela não reconheceu e um clarão que parecia ao mesmo tempo distante e tão próximo que podia até ter sido disparado dentro da própria cabeça dela, e na sua perplexidade surgiu um grão de conhecimento de que era possível que fosse o fim, um conhecimento que num instante fez surgir uma visão de mim, sua primeira e única filha, que foi a última visão que ela teve na vida, por isso eu lhe digo, Chie, minha primeira e única filha, que você pode se deslumbrar com esses homens andando na Lua, mas não deve jamais esquecer qual é o preço que a humanidade paga pelos seus momentos de glória, porque a humanidade não sabe quando parar, não sabe quando dizer chega, por isso fique atenta, é isso que eu quero dizer, embora não diga nada, fique atenta.

Aos olhos do mundo, Chie sente que levou a sério a primeira dessas mensagens possíveis, e a levou tão a sério quanto pôde, embora dentre todas as possibilidades de mensagens fosse a menos bem formada, menos crível, e Chie a levou a sério mesmo que pudesse não ser o que sua mãe queria dizer, ela a levou a sério e agora aqui está. Entendeu que a mãe quis dizer: Olhe para esses homens pousando na Lua, olhe o que é possível, dado o desejo, a fé e a oportunidade, e você terá tudo isso se quiser, se eles conseguem uma coisa dessas, você consegue, e por "uma coisa dessas" eu quero dizer tudo. Tudo. Não desperdice uma vida dada assim de um modo tão milagroso, já que eu, sua mãe, poderia facilmente ter estado com minha mãe aquele dia no mercado se qualquer uma de uma série de coisinhas minúsculas tivesse sido diferente, e eu constaria entre as mais jovens vítimas da bomba atômica e as circunstâncias poderiam ter me matado e você jamais teria nascido. Porém você nasceu e aqui estamos nós, e aqui estão esses homens na Lua, então pode ver, você está do lado dos vitoriosos, está ganhando, e talvez possa viver uma vida que honre e leve isso a cabo? E Chie respondeu em silêncio ao pedido que a mãe lhe fez em silêncio: Sim, entendo.

Para si mesma, no seu alojamento, ela assente, calada, embora não tenha certeza de que entenda mesmo; no fim das contas, ela não sabia nada da mãe. Tudo não passa de imaginação e projeções, e todas poderiam ser equivocadas.

ÓRBITA 6

APENAS COSMONAUTAS RUSSOS, está escrito na porta do banheiro russo.

Do mesmo modo, na porta do banheiro dos Estados Unidos, APENAS ASTRONAUTAS AMERICANOS, EUROPEUS E JAPONESES. *Por conta de disputas políticas atuais, por favor usem cada um seu próprio banheiro nacional.*

A ideia de um banheiro nacional é motivo de graça na tripulação. Vou só dar uma mijadinha nacional, diz Shaun. Ou Roman: Gente, eu vou lá deixar um para a Rússia.

Vocês terão de nos pagar para usarem as instalações sanitárias, disse a Agência Espacial Russa às agências dos Estados Unidos, da Europa e do Japão, e por isso elas retribuíram na mesma moeda: vão lá, tanto faz, nosso banheiro é melhor do que o de vocês. E o mesmo vale para o uso das bicicletas de exercício. Bem, então vocês não vão poder usar nossa despensa. E tem sido assim já faz mais de um ano.

Nas câmeras internas da nave, o controle da missão observa a tripulação ignorar descaradamente esses éditos, e não faria sentido se fosse de outro jeito. Astronautas e cosmonautas são que nem gatos, concluem. Intrépidos, descolados e impossíveis de pastorear.

Todos estivemos em viagem, a tripulação pensa, há anos em viagem, quase sem um momento de parada; todos estamos vivendo à base de malas e lugares emprestados, hotéis, centros espaciais e instalações de treinamento, dormindo nos sofás de amigos em cidades intermediárias entre um treinamento e outro. Morando em cavernas, submarinos e desertos a fim de testarmos nossa resiliência. Se tivermos algo em comum, uma única coisa que seja, é nossa aceitação de que, para chegar até aqui, até essa nave mítica, nós precisamos não pertencer a lugar nenhum e pertencer a todos os lugares. Esse posto avançado final, desprovido de nação, de fronteiras, que força os limites da vida biológica. O que um banheiro tem a ver com qualquer coisa? De que valem jogos diplomáticos numa espaçonave, presa na sua órbita de delicada indiferença?

E nós? Somos um só. Por ora, pelo menos, somos um só. Tudo que temos aqui é apenas o que reusamos e compartilhamos. Não podemos nos dividir, essa é a verdade. E não vamos, porque não podemos. Bebemos, cada um, a urina reciclada do outro. Respiramos, cada um, o ar reciclado do outro.

No laboratório eles vagueiam usando um capacete de realidade virtual, e uma voz instrutiva lhes pede, calorosamente: Conte o número de segundos em que um quadrado azul aparece no seu campo de visão. Eles chutam oito segundos. Registre no notebook. Trinta e seis segundos. Vinte segundos. Três segundos. Vinte e nove segundos. Obrigado, diz a voz que parece sincera de verdade. Foi ótimo, ela diz. Pronto para a próxima tarefa? Aperte OK quando estiver.

Agora eles precisam manter o quadrado azul no campo de visão durante períodos diferentes conforme as instruções: cinco segundos, dezenove, quatro, trinta e oito. Depois o tempo de reação; a rapidez com a qual conseguem tocar o botão na tela do notebook quando aparecer o quadrado azul. Excelente, diz a voz. Pronto para a próxima tarefa? Aperte OK quando estiver. Pela primeira vez hoje, a América se insinua no campo de visão a bombordo, um meio de manhã reflexivo, e logo vai rolando embora.

Conte até um minuto e toque a tela quando terminar.

Conte até noventa segundos e toque a tela quando terminar.

O minuto, depois os noventa segundos, parecem se perder no meio de caminho, estão contando rápido demais, pensam, depois mudam de ideia, não, devagar demais; saltam de quarenta e dois para quarenta e cinco e se arrependem na hora, demoram-se nos cinquenta. Excelente, diz a voz.

Enquanto olham os quadrados azuis, atravessam o equador, e há uma mudança de guarda; o hemisfério Norte surge e a Lua é revirada. Sua luz crescente, que estava à sua esquerda, agora se vê à direita. Um crepe virado na frigideira. Estrelas rarefeitas. Não mais o denso campo astral dos céus austrais que fitam o centro da Via Láctea; agora as estrelas que eles conseguem enxergar são as mais distantes, nas espirais externas da Via Láctea, onde a galáxia desaparece na sua acumulação de anos-luz e o algo dá lugar ao ínfimo que dá lugar ao nada. E então a noite cede espaço a mais um dia. Acima da Venezuela vem a primeira estaca ofuscante de luz no horizonte que eles bem sabem que é o Sol. A estaca vem e vai, vem e vai. E então o lado direito da curvatura da Terra se torna uma cimitarra cintilante. A prata se derrama, bane as estrelas e o oceano obscuro se transforma numa alvorada instantânea.

Excelente, diz a voz. Você errou todas as vezes! Que pena que, quando o quadrado azul permaneceu por quinze segundos, você relatou dez; seu minuto contado se prolongou — um minuto e meio ou às vezes mais. Que pena, a voz o consola, que você tenha demorado demais, há tempos tem boiado demais, tanto que o relógio das suas células saiu do ritmo. Que pena que, quando acorda de manhã, você não sabe onde está seu braço até olhar para ele; sem o retorno do peso, os membros ficam mal posicionados (onde foi que eu deixei esse braço?, diz o cérebro em pânico. Onde foi que eu deixei?). Que pena que os membros se perdem no espaço e aqueles que se perdem no espaço se perdem também no tempo. Que você está perdendo as estribeiras. Que quando você apanha um par de alicates que estão de passagem, num gesto relâmpago, sua fração de segundo são dois ou três, na verdade, segundos pesados, e o tempo ao seu redor tem ficado ocioso e inchado. Que você não é mais a ferramenta afiada que costumava ser. Que pena que o relógio Omega Speedmaster no seu pulso, com seu cronógrafo, taquímetro e escapamento coaxial, não tenha a menor ideia do fato de que essa é sua sétima volta ao redor da Terra desde que você acordou de manhã, que o Sol está subindo e descendo, subindo e descendo feito um brinquedo mecânico. Que pena que seu mundo tenha ficado elástico e virado de cabeça para baixo e da direita para a esquerda e agora é primavera e em meia hora é outono e o relógio do seu corpo deu pau e seus sentidos estão lentos e esse seu superser superrápido de astronauta acabou ficando meio frouxo e desleixado, boiando como algas ou os destroços de um naufrágio. Pronto para a próxima tarefa? Aperte OK quando estiver.

Os segundos se dissolvem e significam cada vez menos. O tempo encolhe até virar um pontinho sobre um campo em branco, específico e sem sentido, depois incha, sem contorno, perde a forma. Eles dão o bote no cursor sempre que são solicitados, ligeiros como um relâmpago, nada ligeiros, na verdade. A Europa passa lá embaixo numa neblina vespertina, e as nuvens marcam o formato dos litorais. Há o dedão do pé do sudoeste da Inglaterra desferindo um chute débil no Atlântico Norte, há o canal inglês, piscou perdeu, e Bruxelas e Amsterdã e Hamburgo e Berlim, mas as cidades foram todas desenhadas em tinta invisível sobre o feltro verde cinzento, lá está a Dinamarca com seu salto de golfinho na direção da Noruega e da Suécia, lá está o mar Báltico e os Países Bálticos e de repente a Rússia. Aí vem a Europa, aí foi a Europa. Que pena, diz a voz, ainda calorosa, que você exista em todos os fusos horários e em nenhum deles, que você se desloque pelas longitudes nesse grande albatroz de metal, que exijam mais do seu cérebro do que ele é capaz de fazer. Que pena que tudo corra tão rápido. Que um continente desapareça e dê lugar a outro, que a Terra, tão amada, nunca esteja ao seu alcance. Que a viagem da sua vida vai se passar num piscar de olhos, assim como passa a própria vida para um cérebro em processo de envelhecimento cuja desaceleração faz tudo parecer passar mais rápido. Que pena que, antes que você se dê conta, vai estar de volta na cápsula de pouso com seu escudo térmico e paraquedas e vai tombar pela atmosfera envolto em chamas e cair num rastro de plasma e aterrissar, se Deus quiser, numa planície mais vasta do que a visão alcança, e será arrancado da cápsula com perninhas de varapau e monossílabos balbuciados fazendo as vezes do que outrora era linguagem.

Às margens de um continente, a luz desaparece. O mar é plano e acobreado, reflete o sol, e as sombras das nuvens são compridas sobre as águas. A Ásia veio e se foi. A Austrália é uma forma obscura e lisa contra esse último suspiro da luz, que agora assumiu um tom platinado. Tudo está escurecendo. O horizonte da Terra, que rachou de luz numa alvorada tão recente, está se apagando. A escuridão vai carcomendo a nitidez do seu contorno como se a Terra se dissolvesse, e o planeta fica roxo e parece borrado, uma aquarela aguada.

ÓRBITA 7

A órbita sai para caçar no Norte. Estão se aproximando da América Central quando essa zona crepuscular que é o terminador vem correndo atrás e traz a manhã arrastada. Quando o Sol surge pela sétima vez no dia, ligeiro e total, a luz os alcança antes de alcançar a Terra e a nave é um projétil em chamas.

    De algum modo, pensa Nell, depois que você anda numa caminhada espacial, olhar o espaço por uma janela nunca mais é a mesma coisa. É como olhar para um animal que já correu junto a você no outro lado das grades. Um animal que poderia tê-la devorado, porém escolheu, em vez disso, permitir sua presença em meio ao pulso tremebundo da sua selvageria exótica.

    No começo, durante a caminhada espacial da semana passada, ela teve a sensação de que estava caindo. Foi terrível, por um momento. Quando a escotilha é liberada, ao emergir dela, ao sair da câmara de vácuo e se libertar a duras penas, ao soltar, há dois objetos passíveis de serem vistos no universo — a estação espacial e a Terra. Não olhe para baixo, lhe dizem — concentre-se nas mãos, na sua tarefa, até se ajustar. Ela olhou para baixo, como poderia não olhar? A Terra rolava embaixo dela, a toda velocidade. A Terra, nua e assombrosa. Lá de fora, ela não tem a aparência de uma coisa sólida, sua superfície é fluida e lustrosa. Depois ela olhou para as mãos, que eram grandes, e de um branco espectral dentro das luvas, e viu seu colega astronauta à frente, Pietro, deslizar contra uma escuridão profunda, com o espectrômetro que planejavam instalar flutuando ao lado dele, e ele mesmo era um pássaro liberto rumo a uma liberdade inimaginável.

 Vocês conferem os cabos; vocês navegam em volta da nave usando as alças; qualquer equipamento que levem para fora deve ser protegido, a carga de baterias presa ao traje, a antena ou o componente ou o painel substituto, nada disso pode se enroscar nos cabos, mas é difícil se mexer dentro dos trajes, difícil navegar quando a massa do traje especial desloca seu centro de gravidade. Você pensa no treinamento que fizeram na água e como a água parada da piscina de treinamento te segura de um jeito que não acontece no espaço, como o espaço tem uma ferocidade e deseja (embora o faça sem malevolência, sem nada além de uma indiferença vazia) te inclinar, revirar e desfazer, e você se lembra de que não deve relutar, apenas se adaptar ao espaço. É mais como surfar, nesse sentido, e é então que você olha para baixo, com uma visão mais plena, como se quisesse conferir que a Terra e seus mares não são apenas sonhos ou miragens, e lá está ela outra vez, a Terra, girando azul e coberta de nuvens, de uma maciez improvável contra o suporte da nave que vocês estão contornando. Não é mais nem um pouco assustadora, em vez disso essa visão é de tal magnificência que aparta seus sentidos num disparo. Seu cabo se sacode, seus pés ficam pendurados, o traje fricciona dolorosamente seus cotovelos, colando-se à bobina enquanto o suporte sobe. Para a esquerda, um satélite de comunicação gira na sua órbita.

Ela ficou horas do lado de fora — quase sete ao todo, pelo que disseram. Você não faz sequer ideia da passagem do tempo. Só instala ou repara seja lá o que for que foi encarregada de instalar ou reparar; fotografa algumas das escotilhas, as ferramentas externas, cata alguns destroços, arranca do espaço algumas dessas dezenas de milhares de resquícios de satélites que foram descartados ou explodidos e estágios de veículos de lançamento e naves; aonde quer que a humanidade vá, ela deixa algum tipo de destruição atrás de si, talvez esse tipo de coisa seja a natureza de toda a vida. O crepúsculo se esgueira atrás de você e a Terra é um hematoma azul, roxo e verde, e você remove o visor solar e liga sua lanterna e a escuridão faz ressaltar as estrelas, a Ásia passa cravejada de pedras e você trabalha debaixo dessa iluminação até o Sol ressurgir atrás de você, polindo um oceano que não dá para identificar. A alvorada derrama o azul sobre uma massa continental coberta de neve que aparece à vista e então, contra o breu, a beirada da Terra é uma luz malva pálida que traz uma dor de empolgação na boca do estômago. O que talvez seja o deserto de Gobi vem rolando debaixo de você enquanto equipes de solo passam instruções tranquilizantes e seu parceiro folheia o manual preso ao braço do traje e é possível ver a cara dele pelo visor solar, um oval sereno de rosto humano em meio à anonimidade enorme da sua paisagem, e enquanto isso os painéis solares bebem o sol até o crepúsculo voltar, e seu parceiro é obscurecido pelo pôr do sol atrás dele, a noite se esgueira do ventre da Terra e o engole.

Quando era criança e depois na adolescência, Nell tinha sonhos em que estava voando. Os outros também tinham, todos eles. Sonhos breves de voos em disparada ou sonhos longos e lânguidos de descoberta, mas sempre sonhos de se libertar ou estar livre. O jeito como voavam ou ainda voam em sonhos é a analogia mais próxima que têm do seu deslocamento no espaço, esses sonhos partilham da mesma facilidade e leveza e do mesmo senso de milagre, porque deveria ser impossível um corpo pesado e sem asas deslizar desse jeito, tão livre e suave, porém isso acontece e parece que se está enfim fazendo aquilo que seu ser nasceu para fazer. É difícil acreditar. Ao mesmo tempo, é difícil acreditar em qualquer outra coisa. É difícil acreditar na qualidade da escuridão que é o todo do espaço ao redor da Terra iluminada pelo dia, onde a Terra absorve toda a luz — ainda assim difícil de acreditar em qualquer coisa que não a escuridão, que ganha vida, respira e te chama. Se um dia, no passado, Nell teve medo do vazio, depois de se ver nele ela passou a se sentir inexplicavelmente consolada e a ansiar — se é que dava para ansiar por qualquer coisa lá fora — por se perder nesse vazio, a desejar que seu cabo se estendesse por milhares de quilômetros.

Você olha para baixo, seu corpo preso à estrutura, enquanto você agarra o cabo de pistola da sua ferramenta e o multiplicador de torque e os velhos rebites que ficaram emperrados, impossíveis de serem retirados pela falta de gravidade, e a quatrocentos quilômetros abaixo dos seus pés a esfera polida da Terra está pendurada também como uma alucinação, algo feito de e criado por luz, algo que você poderia atravessar até chegar ao centro, e a única expressão que parece se aplicar aqui é *fora deste mundo*. Não tem como isso ser real. Esqueça tudo que sabe. Você olha para trás, para a vastidão da estação espacial e, naquele momento é ela, e não a Terra, que dá a sensação de ser seu lar. Os outros quatro dentro da nave, mas, lá fora, esqueça tudo que você sabe. Seu coração e o de Pietro, os únicos que batem no espaço entre a atmosfera da Terra e o ponto mais distante no sistema solar que se possa conceber. Os batimentos cardíacos dos dois se aceleram pacificamente durante o processo, nunca dois batimentos no mesmo lugar. Nunca voltarão ao mesmo lugar outra vez.

    Quando os seis conversaram sobre a caminhada espacial de cada um depois, descreveram um déjà-vu — eles *sabiam* que tinham estado lá antes. Roman diz que talvez tenha sido causado por memórias ocultas de estar no útero. Para mim, essa é a sensação de estar no espaço, ele disse. Não ter nascido ainda.

Aqui está Cuba, rosada do alvorecer.

    O sol se reflete por toda parte na superfície do oceano. O turquesa dos baixios do Caribe e o horizonte conjuram o mar de Sargaço.

    Quem dera estar lá fora, pensa Nell, sem vidro ou metal entre ela e o que ela enxerga. Apenas um traje espacial repleto de substância de refrigeração para combater o calor do Sol. Apenas um traje espacial e uma cordinha e sua vida tênue.

    Apenas seus pés, pendurados acima de um continente, o pé esquerdo tapando a França e o direito, a Alemanha. Sua mão enluvada borrando a China ocidental.

A princípio, o que os atrai é a paisagem noturna — as luzes da cidade lindamente incrustadas na Terra e o fulgor superficial das coisas feitas pelo homem. Há algo de nítido, claro e proposital a respeito do planeta à noite, a trama fechada das suas tapeçarias urbanas. Quase cada quilômetro da costa da Europa se vê habitado e o continente inteiro delineado com precisão, as cidades-constelações unidas pelos fios dourados das estradas. Esses mesmos fios dourados trilham os Alpes, geralmente em cinza-azulado, coberto de neve.

De noite, eles conseguem apontar de onde vieram — lá está Seattle, Osaka, Londres, Bolonha, São Petersburgo e Moscou — Moscou é um ponto de luz enorme como a Estrela Polar num céu claro e estridente. O excesso elétrico da noite tira o fôlego da tripulação. A disseminação da vida. O modo como o planeta se proclama ao abismo: existe algo e alguém aqui. E como, apesar disso tudo, predomina uma sensação de amistosidade e paz, pois mesmo à noite existe apenas uma única fronteira criada pelo homem no mundo inteiro; uma longa trilha de luzes entre o Paquistão e a Índia. Em termos de divisões, essa é a única que a civilização tem para mostrar, e chega até a desaparecer durante o dia.

Logo as coisas mudam. Depois de mais ou menos uma semana de deslumbramento urbano, os sentidos começam a se alargar e se aprofundar, e eles passam a amar a Terra durante o dia. A simplicidade desprovida de humanos de continente e mar. O modo como o planeta parece respirar, um animal por si só. É a indiferença da rotação do planeta na indiferença do espaço e a perfeição da esfera que transcende toda linguagem. É o buraco negro do Pacífico se tornando um campo de ouro ou a Polinésia Francesa pontilhada abaixo, as ilhas como amostras celulares, os recifes de corais, losangos de opala; depois o tear da América Central que se afasta abaixo deles agora para trazer à vista as Bahamas e a Flórida e o arco de vulcões fumegantes da placa do Caribe.

É o Uzbequistão numa vastidão de ocre e marrom, a beleza montanhosa e nevada do Quirguistão. Os azuis indizíveis do oceano Índico límpido e brilhante. O deserto de damasco de Taclamacã tracejado com a vaga confluência de linhas de canais secos que o repartem. É a vereda diagonal da galáxia, um convite no vazio repulsivo.

E aí surgem discrepâncias e lacunas. Foram avisados durante o treinamento sobre o problema da dissonância. Foram avisados quanto ao que aconteceria com a exposição repetida a essa Terra contínua. Vocês verão, disseram, sua plenitude, sua ausência de fronteiras, exceto entre continente e mar. Não verão países, apenas um globo que rola indivisível e desconhece qualquer possibilidade de separação, que dirá guerra. E vão se sentir como se fossem puxados em duas direções ao mesmo tempo. Êxtase, ansiedade, enlevo, depressão, ternura, raiva, esperança, desespero. Pois é claro que vocês saberão que há uma abundância de guerra e que as fronteiras são motivo para as pessoas matarem e morrerem. Enquanto estão aqui em cima, é possível ver ali um amontoado pequeno e distante de terra que revela uma cordilheira e lá um veio que sugere um grande rio, mas termina aí. Não há muralhas ou barreiras — nenhuma tribo, nenhuma guerra ou corrupção ou qualquer causa específica para se ter medo.

Não demora até um desejo se apossar de todos eles. É o desejo — não, a necessidade (alimentada pelo fervor) — de proteger essa Terra, imensa, porém minúscula. Essa coisa de tamanha beleza, milagrosa e bizarra. Essa coisa que, na falta de alternativas, é inconfundivelmente nosso lar. Um espaço sem limites, uma joia suspensa de um brilho tão chocante.

Será possível que os humanos não conseguem encontrar a paz um com o outro? Com a Terra? Não é um desejo sonhador, mas uma demanda urgente. Será que não há como pararmos de tiranizar e destruir e pilhar e desperdiçar essa única coisa da qual nossas vidas dependem? No entanto eles escutam as notícias, todos ali têm uma história de vida e a esperança deles não implica ingenuidade. Então, o que fazer? Que ações tomar? E de que servem as palavras? São humanos com uma perspectiva divina e é essa a bênção, mas também a maldição.

Pondo na ponta do lápis, parece mais fácil não ler as notícias. Há quem leia e quem não leia, mas não ler é mais fácil. Quando se olha para o planeta é difícil ver um lugar para as pantomimas mesquinhas e tagarelas da política no *feed* de notícias ou até mesmo um vestígio disso, e é como se essas pantomimas fossem um insulto a esse palco augusto onde tudo acontece, uma ofensa à delicadeza ou então algo insignificante demais para se deixar preocupar. É capaz de ouvirem as notícias e sentirem cansaço ou impaciência instantâneos. As histórias são uma ladainha de acusações, angústia, raiva, calúnia, escândalo, fluentes num idioma ao mesmo tempo simples e complexo demais, um tipo de glossolalia, quando comparado com a única nota nítida e vibrante que parece emitida pelo planeta suspenso que eles enxergam a cada manhã ao abrirem os olhos. A Terra dá de ombros a cada rotação. Se escutam o rádio, geralmente é procurando música para ouvir ou então alguma coisa em que se note certa inocência ou neutralidade, no fim, comédia ou esportes, algo com um senso de brincadeira, de coisas que importam e depois não importam mais, de ir e vir, sem deixar rastro. E mesmo essas coisas eles escutam cada vez menos.

Então, um dia, algo muda. Um dia eles olham para a Terra e enxergam a verdade. Ah, se a política fosse mesmo só pantomima. Se a política fosse apenas um entretenimento farsesco, fútil e às vezes demente, providenciado por personagens que, na sua maior parte, chegaram aonde chegaram não por serem revolucionários, perspicazes ou com pontos de vista sábios, mas por fazerem mais ruído, por ocuparem mais espaço, ostentarem mais e desejarem esse jogo de poder mais inescrupulosamente do que os outros ao seu redor, se esse fosse o começo e o fim da história não seria assim tão ruim. Em vez disso, eles passam a perceber que não é nenhuma pantomima, ou não só isso. É uma força tão grande que moldou todas as coisas na superfície da Terra que eles achavam, daqui, serem à prova de humanos.

Cada redemoinho de florescimentos de algas vermelhas ou neon no Atlântico poluído, cada vez mais quente e predatoriamente pescado, é esculpido em boa parte pelas mãos da política e das escolhas humanas. Cada geleira que encolhe, que já encolheu ou se desintegrou, cada proeminência de granito de cada montanha exposta pela neve que jamais derreteu antes disso, cada floresta e vegetação rasteira queimada e em chamas, cada calota polar reduzida, cada derramamento de óleo em chamas, o descoloramento do reservatório mexicano que assinala a invasão dos jacintos aquáticos que se alimentam de esgoto não tratado, o rio distorcido e inchado pelas cheias no Sudão, no Paquistão, em Bangladesh ou na Dakota do Norte ou o rosear prolongado de lagos que se evaporaram ou a infiltração marrom dos ranchos de gado no Gran Chaco onde outrora foi floresta tropical, as geometrias verde-azuladas em expansão de lagos evaporados de onde se extrai lítio da salmoura, ou as salinas tunisianas em rosa *cloisonné* ou o contorno alterado de um litoral onde o mar é apropriado, metro por metro, minuciosamente, virando terra para abrigar mais e mais gente ou o contorno alterado de um litoral onde a terra é apropriada metro por metro por um mar que não se importa que haja cada vez mais e mais gente precisando de terra, ou o mangue que desaparece em Mumbai ou centenas de hectares de estufas que fazem toda a ponta sul da Espanha refletir o sol.

A mão da política é tão visível de lá da perspectiva deles que sequer conseguem entender como foi que ela escapou ao olhar antes disso. É algo que se manifesta claramente em todos os detalhes da paisagem: assim como a força escultora da gravidade moldou um planeta esférico e foi puxando e empurrando as marés que moldam os litorais, também a política esculpiu e moldou e deixou suas evidências em toda parte.

Eles passam a enxergar a política do querer. A política do crescimento e da conquista, um bilhão de extrapolações da necessidade de mais coisas é o que começam a ver quando olham para baixo. Sequer precisam olhar para baixo, já que eles também são parte dessas extrapolações, mais do que qualquer outra pessoa — eles no seu foguete, cujos propulsores, durante o lançamento, queimam o combustível de um milhão de carros.

O planeta é moldado pela pura e inacreditável força do querer humano, que foi capaz de mudar tudo, as florestas, os polos, os reservatórios, as geleiras, os rios, os mares, as montanhas, os litorais, os céus, um planeta traçado e delineado pelo querer.

ÓRBITA 8, EM ASCENSÃO

Caso se saiba para onde olhar e se tenha uma grande lente telescópica, ao dar zoom é possível ver as crateras feitas pelo homem no deserto do Arizona, que foram dinamitadas a fim de se parecerem com as da Lua. Ali, nos anos 1960, Armstrong e Aldrin treinaram para a aterrissagem, mas elas, as crateras, já estão desaparecendo, graças à erosão.

Novo México, Texas, Kansas, estados sem fronteira e cidades invisíveis no vasto couro seco do cinturão do sudoeste dos Estados Unidos. As nuvens são deformadas pelo vento, feito fitas, viajantes. Aqui e ali, um flash momentâneo, que sinaliza o reflexo do sol na carcaça de um avião; não dá para vê-lo, apenas o flash. E do outro lado desse grande couro há marcas sem sentido, indentações contra a superfície, que são rios, claro, mas privados de correnteza. Parecem secos, estáticos, acidentais e abstratos. São como fios de cabelo há muito caídos.

Na curvatura da Terra, aproximando-se com velocidade, há uma coloração mais de musgo, uma terra menos árida; depois um dedo de azul com um toque de preto. Lago Michigan, lago Superior, lago Huron, lago Ontario, lago Erie. Seus centros são de aço martelado contra o sol da tarde.

*

Chega o passado, o futuro, o passado, o futuro. É sempre agora, é nunca agora.

São cinco da tarde, na sua nave rodopiante. Na Terra, embaixo deles, onde Toronto acabou de despontar, ainda é meio-dia. Do outro lado do mundo já é amanhã, e o outro lado do mundo chegará dentro de quarenta minutos.

Por ali, no amanhã, o tufão convoca ventos de duzentos e noventa quilômetros por hora. Está devastando as ilhas Marianas. O nível do mar na costa das ilhas já subiu, com a expansão das águas mais quentes e, agora, onde os ventos empurram o mar rumo às beiradas ocidentais da sua bacia, o mar sobe mais, e uma descarga de tempestade de cinco metros engole as ilhas de Tinian e Saipan. É como se fossem atingidas por bombas de fragmentação — estouram-se as janelas, as paredes cedem, os móveis saem voando, as árvores são cindidas.

Ninguém previu o crescimento tão rápido desse tufão, que em vinte e quatro horas deixou de ser um tumulto de cento e doze quilômetros por hora no meio do oceano para se tornar uma força que investe contra a Terra. Os meteorologistas que enxergam as imagens agora o promoveram à Categoria Cinco e há quem pense em tufão e quem pense em supertufão, e não há nada a fazer, senão prever o horário aproximado em que ele vai tocar a terra nas Filipinas. Será às dez da manhã, dizem, no horário local, duas da manhã aqui em cima.

Tudo se encontra no futuro no outro lado do planeta, acontecendo num dia que ainda não chegou. A tripulação parte para suas últimas tarefas. Anton come uma barrinha de proteínas para combater a sonolência do fim da tarde. Shaun tira quatro prendedores do suporte do detector de fumaça que precisam ser substituídos. Chie inspeciona os filtros bacterianos. O trajeto deles agora sobe e passa por cima e sai da América, onde o Atlântico é antigo, o cinza prateado plácido de um broche escavado. Esse hemisfério é permeado de tranquilidade. E sem qualquer cerimônia eles completam mais uma volta ao redor do planeta solitário. Saem a quatrocentos e oitenta quilômetros do litoral irlandês.

De passagem pelo laboratório, Nell olha para fora e enxerga uma promessa de Europa no horizonte marítimo. Sente-se um tanto sem palavras. Sem palavras diante do fato de que seus entes queridos estão lá embaixo, naquela esfera altiva e resplandecente, como se ela tivesse acabado de descobrir que sempre moraram, durante sua vida inteira, no palácio de um rei ou rainha. As pessoas *moram* lá, ela pensa. *Eu* moro lá. Para ela, hoje isso parece improvável.

Roman, Nell e Shaun chegaram aqui faz três meses, um trio de astronautas enfiado num módulo do tamanho de uma barraca para duas pessoas. Acoplam na estação e a sonda da cápsula encaixa tranquilamente no drogue da nave. Captura suave. Uma abelha entrando numa flor. Os oito ganchos metálicos da nave prendem o módulo. Captura rígida, confirmar, captura rígida completa. Tudo fica quieto dentro do módulo e faz-se uma pausa por um momento. Roman, Nell e Shaun se viram um para o outro e fazem gestos de "bate aqui", com mãos flutuantes que não conseguem ainda compreender direito o que é a baixa gravidade. Roman aninhava de leve a lua de feltro que o filho lhe deu e que passou a viagem toda pendurada na frente deles, uma mascote, agora subindo e descendo. Na grandiosidade do espaço, mesmo aquela mascote tinha a maior dignidade. Tudo era coberto de potencial. Mal conseguiam falar.

Mais quietude e quietude outra vez, e a quietude floresce nos corações da tripulação. Passaram-se seis horas de uma velocidade alucinante e agora nada. Agora no porto. Como é possível que apenas seis horas atrás vocês estivessem todos em terra firme? Desdobre as pernas, ajeite-se no assento até entrar no módulo orbital e estique suas costas arqueadas.

Eles foram detidos durante umas duas horas enquanto esperavam a conferência para garantir que não haveria vazamentos e para a pressão entre as naves equalizar. Do outro lado da escotilha, a tripulação que havia chegado três meses antes aguardava. Anton, Pietro, Chie. Eles bateram na escotilha, claque-claque, e uma série de batidas veio em resposta. Tinham chegado até aqui, faltavam apenas quarenta e cinco centímetros para entrarem naquela espaçonave que seria o lar deles durante vários meses, apenas quarenta e cinco centímetros de separação daquilo que havia tanto tempo era o objetivo deles. Porém, precisavam esperar e esperar mais um pouco, numa antessala que parecia bíblica em certo sentido, uma pausa entre a vida e o além. Em certos aspectos, durante aquelas duas horas se deixa de existir de todos os jeitos reconhecíveis. Nada que você tenha vivido jamais foi vivido a essa distância da superfície da Terra, e tudo que você vai viver será novidade. E está exausto de um modo que jamais esteve antes. E incrédulo diante da microgravidade, diante da própria voz anasalada que nem parece sua.

Eles aguardaram diligentemente até o mercúrio demonstrar a equalização da pressão interna — é preciso chegar a sete-quatro-meia, sete-quatro-sete, antes de abrir a escotilha. Os olhos de Roman estavam colados no medidor de pressão. Então ele conectou a alavanca e foi girando devagar e a tripulação do outro lado puxou quando ele empurrou e ele ouviu as vozes deles, *é isso, chegamos, lá vai*, até que a escotilha se abriu com um grande e ofegante cansaço, contrastando com a onda nauseabunda de euforia que o engoliu. Que engoliu a todos eles. Um estrondo de risadas vacilantes, e rostos apareceram, Pietro, meu amigo; Chie, querida Chie *moi drug*; Anton, meu irmão. Aqui está o módulo que todos eles conhecem faz tanto tempo, graças às simulações de voo, o corpo deles entregue aos solavancos pela escotilha, os seis subitamente no mesmo espaço apertado, uma massa de vida deslumbrada. Uma série de apertos de mão e longos abraços, de ois e boas-vindas, de *meu Deus*, de *dá pra acreditar numa coisa dessas*, de *conseguimos, vocês conseguiram, dobro pojalovat, bem-vindos, bem-vindos e bem-vindos de volta*. Assobios. Anton trouxe pão e sal, seguindo a tradição de hospitalidade russa. Ou, em todo caso, biscoitos e cubos de sal. Todos compartilharam.

Houve momentos assim e então, antes que eles se dessem conta, se viram equipados com fone de ouvido e microfone, e lá estavam as famílias no monitor, radiantes. Exceto que não é a família deles e não é a sala de estar deles vista ao fundo, mas algo que se conhecia de uma vida passada que chega numa vaga recordação. Eles se atrapalharam pronunciando palavras que acabaram apagadas da memória logo que foram ditas, mas o cérebro havia sido sequestrado e rolava pelo espaço e eles não conseguiam enxergar nada, tamanho o cansaço e os membros bambos. Até Roman, que já estivera aqui duas vezes.

Demora um pouco para se acostumar. É algo que dá uma sova no seu corpo. Lá está a primeira visão estonteante da Terra, um punhado de turmalina, não, um melão, um olho, no seu esplendor lilás laranja castanho malva branco magenta machucado texturizado esmaltado.

Naquela noite, a lua de feltro de Roman rodopiou à frente dele num sono delirante. Ele viu imagens do filho em situações de necessidade ou perigo. Uma dor na testa estourou feito uma machadada, e ele ficou preocupado que o barulho dele vomitando fosse acordar os outros. Na seção dos Estados Unidos, Shaun tinha a mesma preocupação.

De manhã, tudo, mas tudo mesmo, era novidade. As roupas saíram vincadas da embalagem, a escova de dentes e a toalha embrulhadas em celofane. Os tênis esportivos novinhos em folha e largos para seus pés exangues, e o pouco sangue que havia neles subia para moldar no rosto a expressão implacável de sono e surpresa. A Terra lá fora havia sido criada naquele mesmo dia e era, ao mesmo tempo, a mais antiga de todas as coisas. A mente deles havia acabado de sair do forno. O enjoo passou, como se num expurgo. Roman ensinava a Nell e Shaun, que nunca estiveram aqui antes, a arte do deslocamento. Seu corpo é capaz de flutuar, de voar; não é humano! Dá para nadar, ainda que meio tontamente, pelo ar. É só repetir o mantra enquanto nada: devagar é suave e suave é rápido, devagar é suave e suave é rápido. E, dia após dia, os cabos da vida deles foram se rompendo, um após o outro, e tudo que eles são agora é uma nova invenção. É assim que são as coisas, Pietro uma vez disse a Roman, e ele concordou, é assim que são as coisas.

Ficar aqui umas poucas semanas já deixa a pessoa mais pálida e mais magra. Se os humanos ficassem tempo o suficiente no espaço, uma hora acabariam assumindo a forma de alguma coisa anfíbia, imagina Pietro. Está aqui há quase seis meses e ainda ficará mais três. Tem a impressão de que está virando um girino, só cabeça, sem corpo. Com a atrofia do corpo, a vida já não o incomoda tanto. Ele sente fome e aí come, e os seios da face estão sempre tão entupidos que a comida não tem gosto; mas ele também não tem apetite de verdade, não muito. Dorme porque precisa, mas é mais um arremedo de sono do que qualquer outra coisa, não é profundo ou robusto que nem na Terra. Tudo no corpo parece sofrer de falta de comprometimento com a causa da sua vida animal, como se houvesse um arrefecimento dos sistemas, um despojamento eficiente das partes supérfluas. Nesse processo de desacelerar e arrefecer, ele consegue ouvir mais seus pensamentos, são sinos distantes, repicando um por vez na sua cabeça. Em órbita, sua percepção da vida é mais simples e mais suave, mais leniente; não que seus pensamentos sejam diferentes, mas são menores em quantidade e mais distintos. Não vêm numa avalanche que nem antes. Eles chegam e despertam seu interesse durante o tempo que for necessário, depois vão embora.

 Houve certas noites, depois de um mês lá, que ele começou a pensar na esposa com uma saudade insana e aflitiva, pensava na sua nudez ossuda, suas marcas de biquíni, nos pelos escuros das axilas, na ondulação das costelas, os pulsos atados, o suor nos seios no calor de uma sesta. Os pensamentos o deixaram amargurado por um momento, embriagado de saudade. Uma semana depois da caminhada espacial com Nell, ela, Nell, apareceu num sonho que envolvia algum lugar na Terra que ele não conhecia, um quarto em escuridão absoluta, que parecia lotado, e na sua mente era forrado de madeira, mas ali a voz de Nell vinha de longe, embora o corpo dela estivesse próximo ao seu. Foi uma surpresa tão grande encontrá-la ali que algo de frenético correu pelo seu âmago. Havia uma festa acontecendo, mas não dava para ver — só ouvir a música, sem a menor noção de onde estaria acontecendo. Ele a abraçou e beijou seu pescoço e repetiu seu nome, admirado. É só disso que se lembra e no dia seguinte, durante o café da manhã, mal conseguiu olhar para ela, de tão constrangido.

 O sonho não se repetiu, e a sensação então era a de que a última nota de sexualidade no seu corpo havia se calado. O corpo parecia compreender a falta de propósito daquilo e desligou esse botão, então ficou tudo apagado e tranquilo.

ÓRBITA 8, EM DESCENSÃO

Quando Nell saía para fazer mergulho livre, ela pensava: talvez seja essa a sensação de ser astronauta. Agora que está aqui em cima, ela às vezes fecha os olhos e pensa: é assim que é mergulhar. O modo lento do corpo se mover, em suspenso, transportado calmamente, como se submerso. E a maneira como eles se deslocam pelo labirinto da nave, como se fosse um naufrágio — os espaços apertados, as escotilhas que dão para tubos estreitos que se conectam aqui e ali em padrões quase idênticos, até ficar difícil saber de onde você saiu e onde a Terra estará quando você olhar para fora. E quando você olha de fato, qualquer claustrofobia num instante se torna agorafobia, ou então as duas atacam ao mesmo tempo.

Ela transporta sacolas de carga de um ponto para outro. Tudo que é incinerável, que não vai voltar para a Terra, entra na estiva; sacos de restos de comida, lixo, lenços de papel, papel higiênico e lencinhos umedecidos usados, calças, camisetas, meias, roupas íntimas e toalhas, roupas de exercício empapadas com o suor de semanas, tubos velhos de pasta de dente, cada sachê de cada refeição e bebida consumidos, lascas de unha e fios de cabelo, tudo isso entra, uma hora, na nave de reabastecimento que chega na semana que vem, de modo que, quando ela desacoplar daqui a dois meses, tudo isso vai entrar em combustão na atmosfera e quaisquer resquícios começarão sua longa vida na órbita ao redor da Terra. É uma tarefa tão física que beira a cegueira, transportar grandes cubos de carga por aí, num quebra-cabeças tridimensional. Aqui é como um trailer: há pouquíssimo espaço, tudo é apertado por toda parte, as coisas são empurradas com os pés e amarradas firme antes que possam sair flutuando. Ao passar por Anton na abertura da porta, eles se viram de lado e deslizam face a face, o nariz dela roçando o leve volume da barriga dele.

Houve aquela vez que saíram numa viagem de férias, que não deve ter acontecido muito antes de sua mãe morrer. Talvez ela tivesse quatro ou cinco anos. Como Nell faz agora, a mãe enfiava as sacolas onde fosse possível, nos pequenos armários da cozinha cujo laminado estava descascando, nos baús embaixo dos assentos à mesa, no minúsculo guarda-roupas do quarto, nos armários de cima com o barulho de clique dos fechos magnéticos (o som o dia inteiro era clique-clique-clique), a mãe agindo daquele jeito, com uma diligência minuciosa, como se estivessem de mudança, não de férias. E a família se mudava com frequência, houve um período "entre casas", como seu pai se referiu depois (onde? Ela sempre imaginava que fosse na casa de algum amigo ou parente distante), mas não havia menção alguma a um trailer e se eles tivessem chegado a morar em um, pelo tempo que fosse, com certeza ela lembraria.

A penumbra lá fora — a sobriedade do fim de tarde do que ela reconhece no mesmo instante que é o Norte da Europa, saturado de nuvens sob as quais há incontáveis tons de marrom. A costa sul da Irlanda — onde está seu marido — e a Inglaterra a bombordo; eles contornam esses litorais por baixo, rumo ao Sul pelo centro da Europa. Há uma determinação tão constante na maneira como eles orbitam, o modo como parecem estar galgando a crista pálida da Terra, sem jamais a alcançarem. Contudo, avançam com toda essa paciência e determinação, ainda assim. E ao rumarem para o Sul, as cores mudam, os marrons ficam mais claros, a paleta menos sombria, uma amplitude de verdes desde a sombra das montanhas até o esmeralda das planícies fluviais e o verde-petróleo do mar. O suntuoso verde-arroxeado do vasto delta do Nilo. O marrom vira pêssego e vira ameixa; a África abaixo deles com seu batik abstrato. O Nilo é um derramamento de tinta azul-royal.

    O marido de Nell diz que, do espaço, a África parece uma das últimas pinturas de Turner; aquelas paisagens quase amorfas de *impasto* espesso salpicadas de luz. Ele lhe disse uma vez que, se um dia fosse parar onde ela estava, passaria o tempo todo aos prantos, indefeso diante da pura beleza da Terra. No entanto, ele jamais estaria onde ela está, pois é um homem que decepciona a si mesmo com sua necessidade de terra firme. Precisa de estabilidade, interior e exterior, e de simplificar a vida, para que ela não o deixe sobrecarregado. Há pessoas como ele (é o que ele diz) que complicam a vida interior ao sentirem muitas coisas ao mesmo tempo, ao viverem em nós, e que, portanto, precisam de coisas externas para manter a simplicidade. Uma casa, uma campina, algumas ovelhas, por exemplo. E há aqueles que conseguem, de algum modo, por algum milagre do ser, simplificar a vida interior de modo que as coisas externas possam ser ambiciosas e ilimitadas. Essas pessoas são capazes de trocar uma casa por uma espaçonave, uma campina por um universo. E embora ele estivesse disposto a dar uma perna em troca do universo, não é o tipo de troca que dê para fazer — em todo caso, quem precisa de pernas quando se tem o infinito?

Ninguém tem o infinito, ela disse. Ele lhe perguntou se um dia ela iria para Marte, ciente de que seria uma jornada de três anos, pelo menos, e que era capaz de ela nunca voltar. Sim, ela respondeu sem hesitar por um segundo, e achou difícil compreender por que outra pessoa escolheria diferente. Eu *quero* querer ir, ele disse. Quero ser o tipo de pessoa que quer ir para Marte, mas eu enlouqueceria no caminho, seria o sujeito que cedeu à pressão e pôs a missão em risco, teriam de me eutanasiar pelo bem maior. Ah, pare com isso, ela disse com delicadeza (embora, em essência, sua opinião era a de que ele provavelmente tivesse razão).

Ela coloca a última das sacolas de carga para transportar hoje na câmara de vácuo com os trajes espaciais — coisas flutuantes e fantasmagóricas, tocadas pela crueza do espaço. Será que algum dia ela vai voltar a sair usando um desses? A sensação parecia mesmo a de um mergulho, estando fora da nave. Houve uma época em que ela saía para mergulhar de noite, graças à bioluminescência — estrelas cintilando ao seu redor. Os pulmões cheios de ar, o corpo e a água equalizando e se tornando contínuos um com o outro, a mente tranquila e serena.

Ela e o marido trocam fotografias quase todos os dias; às vezes a vista dele do lago e da montanha e um pôr do sol sangrento, às vezes um close de uma estalactite de gelo ou da orelha de uma ovelha ou flor ou portão, às vezes o mar ou o reflexo das nuvens na areia molhada, uma vez o céu noturno e um círculo traçado no ponto por onde a nave dela estava passando — não aparecia visível na foto, mas havia a legenda: *Você está esteve aqui*. Quando essa foto chegar, ele escreveu na mensagem, você já vai ter dado a volta ao mundo mais umas oito ou nove vezes. Você tem que admitir que é difícil, ele disse, sua esposa voando acima de você a uns vinte e sete mil quilômetros por hora. Nunca se sabe onde ela está, onde encontrá-la.

Em troca, ela lhe envia fotos da Terra, das estrelas e da Lua, dos espaços de dormir e dos colegas na tripulação, jantares e módulos. Da Irlanda, que está sempre nublada, pelo menos parte dela. Dela mesma na bicicleta, sob o estímulo constante de fortes luzes fluorescentes, em meio à bagunça de cabos, fios, prateleiras de experimentos, câmeras, computadores, dutos e saídas de ventilação, barras, escotilhas, botões e painéis. A verdade é que ele sempre sabe onde encontrá-la. Sua localização precisa é um fato conhecido e mapeado com exatidão, uma órbita fixa, previsível até os milissegundos. Ela poderia estar em qualquer um dos dezessete módulos e em nenhum outro lugar. Exceto aquela única vez lá fora, no espaço — mas mesmo assim, acompanhada por centenas e amarrada firme nos cabos.

Ela está, deve-se dizer, presa. São os paradeiros dele os menos conhecidos; ele é capaz de estar em qualquer lugar. Dos seus seis anos de relacionamento, eles estão casados há cinco; desses cinco anos, foram quatro de treinamento como astronauta; desses quatro anos, eles passaram apenas alguns meses juntos, e nem mesmo um terço disso na casa da família dele na Irlanda. Ele a herdou e se mudou para lá no último ano, levando uma valise de coisas, pois já que ia ficar sozinho, então era melhor lá do que no apartamento dos dois em Londres, onde não havia jardim, nem espaço, nem noção de si mesmo.

Por isso, agora ele busca tocar a vida num país que ela nem conhece direito, uma terra que, para ela, é tão mítica quanto as vistas da Terra são para ele. Uma terra de juncos e algodão dos brejos e carqueja e fúcsia. A terra dele, uma foto sua nos campos ao pôr do sol que o queimava até reduzi-lo a uma silhueta, uma ausência (uma foto tirada por quem?).

Por isso ela lhe perguntou, Quem é mais desconhecido? E a resposta dele foi: Ambos, de modos diferentes, mas igualmente desconhecidos. A mente dela repleta de siglas; a dele, dos nomes de doenças de ovelhas. Nós dois, igualmente desconhecidos.

ÓRBITA 9

Alô?, diz Roman no rádio. *Zdraste?* Alô?
Alô?
Zdraste, alô.
É você mesmo? Está no espaço? Você é astronauta?
Cosmonauta, *zdraste*, alô.
Como?
Tudo bem?
Eu sou o Tony.
Eu sou o Roman.
Eu disse Tony.
Eu sei.
Não estou ouvindo.
Eu sou o Roman.
Tem muito barulho e está meio baixinho.
Eu sou o Roman, um cosmonauta.
Tudo bem?
Estou bem, e você?
Eu sou o Tony.

Disparando pela heliosfera no espaço interestelar, há duas geringonças conhecidas como *Voyager 1* e *Voyager 2*, dois grandes moedores de café que abrem um buraco no escuro sem caminhos. Antenas de alto ganho, magnetômetro de baixo campo, magnetômetro de alto campo, propulsores de hidrazina, raios cósmicos, guinada, arremessadas a vinte bilhões de quilômetros da Terra, rumo à eternidade. E a bordo de cada *Voyager*, no compartimento que abriga os eletrônicos, está montado um disco de ouro contendo o que poderia ser uma placa ou portal, mas é na verdade um fonógrafo, um vinil, repleto com os sons da Terra.

Algum dia, dentro dos próximos quinhentos bilhões de anos, enquanto as sondas completam um circuito inteiro pela Via Láctea, talvez elas esbarrem em vida inteligente. Dentro de quarenta mil anos, mais ou menos, quando a navegação das duas sondas vier a aproximá-las o suficiente de um sistema planetário, talvez, apenas talvez um desses planetas será o lar de alguma forma de vida que espiará a sonda com seja lá o que nela se passe por olhos, firmando o telescópio e buscando a velha e abandonada sonda, já sem combustível, com o que nela se passe por curiosidade, abaixando a agulha (contida na sonda) até o disco com o que nela se passem por dedos, libertando o dadadá-dáa da Quinta de Beethoven. O som sairá como um trovão numa fronteira diferente. A música humana permeará os confins externos da Via Láctea. Haverá Chuck Berry e Bach, haverá Stravinsky e Blind Willie Johnson, e o *didjeridu*, o violino, a guitarra de blues e a shakuhachi. O canto das baleias chegará até a constelação de Ursa Maior. Talvez algum ser da estrela AC+793888 escute a gravação de 1970 de uma ovelha balindo, risos, passos e o estalo suave de um beijo. Talvez escutem o avanço de um trator e a voz de uma criança.

Ao ouvirem no fonógrafo a gravação de uma série rápida de estalos e estouros como biribinhas, será que saberão que esses sons denotam ondas cerebrais? Será que um dia eles poderão inferir que uma mulher, há mais de quarenta mil anos, num sistema solar desconhecido, foi conectada a um eletroencefalograma e teve seus pensamentos registrados? Será que eles terão como dar um jeito de fazer uma engenharia reversa desses sons abstratos e traduzi-los mais uma vez em ondas cerebrais, e será que terão como saber, a partir dessas ondas, o tipo de pensamentos que passaram pela cabeça da mulher? Será que terão como ver o interior de uma mente humana? Será que terão como saber que essa jovem estava apaixonada? Será que terão como saber, pelos vales e cristas do padrão do eletroencefalograma, que ela pensava ao mesmo tempo na Terra e no seu amado, como se as duas coisas fossem contínuas? Será que poderão ver que, embora ela tenha tentado se ater ao seu roteiro mental, pensar em Lincoln e na Era do Gelo e em hieroglifos do antigo Egito e fosse lá quais coisas grandiosas teriam moldado a Terra que ela gostaria de transmitir a uma plateia alienígena, todos os pensamentos caíam numa cascata até a sobrancelha escura e o nariz orgulhoso do seu amado, a articulação maravilhosa das suas mãos e o modo como ele prestava atenção, feito um passarinho, e como os dois sempre se encostavam sem se encostarem. E então houve um pico nos sons quando ela pensou na grande cidade de Alexandria e no desarmamento nuclear e na sinfonia das marés da Terra e no quanto a mandíbula dele era quadrada e no seu jeito de falar, com uma precisão tão animada que tudo que ele dizia era epifania e descoberta, e o modo de ele olhar para ela como se *ela* fosse a epifania que ele não parava de ter e o batimento do coração dela e a inundação de calor no seu corpo ao refletir sobre o que ele queria fazer com ela e a migração dos bisões sobre uma planície em Utah e o rosto inexpressivo de uma gueixa e o conhecimento de ter encontrado aquilo no mundo que ela não devia nunca ter tido a boa sorte de encontrar, as duas mentes e corpos atirados um contra o outro com uma força plena e estarrecedora, que fez com que sua vida capotasse e seus planos detalhados desaparecessem, simples assim, e seu ser se viu engolido pelas chamas da saudade e por pensamentos sobre sexo e destino, sobre a completude do amor, sua terra espantosa, suas mãos, sua garganta, suas costas nuas.

Todos esses pensamentos soam que nem um pulsar. São uma percussão rápida e ofegante, a bater. Quais as chances de uma forma de vida qualquer vir um dia a descobri-lo, esse disco dourado, e ainda por cima ter alguma forma de reproduzi-lo, e ainda por cima decodificar o que significam essas ondas cerebrais? Uma chance infinitesimal. Chance nenhuma. Em todo caso, o disco e suas gravações vagarão, presos pela eternidade, ao redor da Via Láctea. Daqui a cinco bilhões de anos, quando a Terra já estiver morta há muito tempo, ela será uma canção de amor que sobreviverá aos sóis exauridos. A assinatura sonora de um cérebro inundado pelo amor, passando pela nuvem de Oort, por sistemas solares, ultrapassando meteoritos arremessados, rumo ao puxo gravitacional de estrelas que sequer existem ainda.

Ontem eles observaram quando o foguete lunar entrou suavemente pela noite adentro. Viram a bola de fogo criar uma coroa que se ergueu como um sol repentino, o despregar dos propulsores, uma torre de fumaça. Depois o foguete em si abriu caminho à força pelo meio do pandemônio do seu lançamento e foi velejando até lá em cima, numa paz sem esforço.

    Eles foram acompanhando os astronautas lunares a cada etapa do caminho, sabiam como era para eles, e em parte sabiam, em parte imaginavam, como eles se sentiam. Por alguns segundos, uma desorientação de terem acordado na cabana de praia no cabo Canaveral, ao que se seguiu a alvorada e depois eles se sentaram e ficaram balançando as pernas na beirada da cama. Daquele momento em diante, seus pensamentos seriam esparsos e nítidos e eles tomariam um último banho, tomariam um último café e sairiam da cabana de praia para olhar o mar sem dizerem muita coisa.

    Uma picape elétrica veio buscá-los, um tubarão. Ao flagrarem de relance o foguete, elevado sobre a plataforma, com três propulsores, vinte e sete motores, dois vírgula três milhões de quilos de empuxo, a expressão no rosto deles era o olhar agudo e apaixonado de um vira-lata ao sentir cheiro de carne. As famílias se recusariam a lhes desejar boa sorte, cientes de que eles estavam além da sorte, na zona de procedimentos e protocolos do dia de lançamento, uma análise do clima, um comprimido para combater o enjoo espacial, outro para alívio da dor, os técnicos dos trajes à espera. Vestidas as luvas. Vestido o capacete impresso na impressora 3D. Calçadas as botas de super-herói retrô, na altura dos joelhos. Conferir o traje atrás de vazamentos. Tornar-se à prova de fogo, à prova de som, à prova de vácuo numa pequena bolha de tecnologia de ponta para simular a Terra, caso a cápsula se despressurize — mas o visual fica chiquérrimo com um traje tipo smoking de modelagem impecável, para a imprensa bater as fotos. Você é o James Bond, um Stormtrooper, a capitã Marvel, a Batgirl. Ir até a plataforma de lançamento, reclinar-se no assento anatômico com fluxo de ar canalizado que chega até a coxa. Conferir os sistemas de comunicação, conferir a vedação das escotilhas, conferir todas as transmissões e todos os ciclos e todo o hardware. Testá-los mais uma vez.

Na cabana da praia, eles haviam sido todos humanos, uma mulher, um homem, uma esposa e mãe e filha e um marido e pai e filho, e fizeram o sinal da cruz, tamborilaram com as unhas e morderam o lábio com um nervosismo inconsciente. No entanto, quando chegaram à plataforma de lançamento, eram pura Hollywood e sci-fi, *Uma odisseia no espaço* e Disney, imaginários, comercializados e prontos. O foguete chegou ao seu auge num clímax de novidade, reluzente, uma novidade absoluta e espetacular, e o céu era de um azul glorioso e pronto para ser conquistado.

ÓRBITA 10

A uns cento e vinte e oito milhões de quilômetros de distância, o Sol está rugindo. Aproxima-se agora do seu ponto máximo de onze anos, com ondas e erupções, quando você olha dá para ver que suas extremidades aparecem esfoladas com uma luz violeta e sua superfície, cheia de manchas solares. Erupções solares imensas lançam tempestades de prótons na direção da Terra e no seu rastro chegam tempestades geomagnéticas disparando jogos de luz a quatrocentos e oitenta quilômetros de altura.

É uma sopa radioativa lá fora e, caso a blindagem falhasse, eles estariam fritos e sabem disso. Mas acontece um efeito estranho quando o Sol fica tão ativo assim, quando sua radiação (comparativamente fraca e resistível) afasta a radiação cósmica (um verdadeiro balaio de serpentes cuspideiras), e é assim que se tempera a sopa em que eles nadam. O que a blindagem não consegue defletir, os campos magnéticos terrestres conseguem, e o dosímetro do laboratório mal se abala. As partículas solares são ejetadas, erupções explodem e vão chicoteando na direção da Terra num tempo de oito minutos cronometrados, a energia pulsa, explode, uma grande bola de fusão e fúria. Na fúria do Sol, eles de algum modo improvável se flagram abrigados, como se o Sol fosse um dragão e eles, por uma sorte estupenda, tivessem ido parar sob seu domínio e proteção.

E naquele abrigo a sota-vento aqui estão eles; é o começo da noite agora; Shaun coleta os sacos de lixo, Roman limpa o banheiro russo e Pietro o americano, Anton limpa o sistema de purificação de ar, Chie passa pano e desinfetante, Nell passa o aspirador nos dutos de ventilação, onde encontra um lápis, um rebite e uma chave de fenda, um pouco de cabelo e unhas.

Então um raro momento de desorientação se abate sobre eles. Chie flutua até a janela, a bombordo, ciente de que a órbita deles está o mais longe possível do Japão; vai demorar mais umas quatro horas, mais ou menos, até passarem pelo país de novo. Minha mãe está lá, ela pensa. Tudo que restou da mãe está lá, e logo esses restos serão cremados e desaparecerão. Estão passando pelo oeste da África, Mauritânia, Mali agora, logo Nigéria, Gabão, Angola; a segunda vez que avistam esses países hoje, mas de manhã foi na órbita de ascensão, e agora estão descendo para contornar o litoral e dar a volta ao largo sob o cabo da Boa Esperança, como as naus de outrora.

Seguem a seta da península de Dakar, atravessam o equador e eis que surgem, nos minutos derradeiros do dia, as luzes de Brazzaville e Kinshasa dos dois lados do rio Congo, tépido sob o crepúsculo. A nuvem se torna malva, depois índigo, depois preta, e a noite afunda o sul da África na escuridão. Desaparece a fruteira transbordante do continente, manchado de tinta, borrado de nanquim, cetim abarrotado, sua perfeição caótica, o continente de salinas e várzeas vermelhas e sedimentadas, e redes de nervos fluviais espraiados e montanhas que fervilham das planícies, verdes e aveludadas como bolor. Desaparece o continente e aqui está outro véu de viúva de noite estrelada.

Roman e Anton se encontram no módulo russo, Roman tentando achar um parafuso solto que saiu voando e uma tesoura que está agora em algum lugar perto da sua cabeça; Anton está na janela olhando para o nadir, com as pernas para cima. Lá estão as luzes sumindo da Cidade do Cabo e as tempestades acima do oceano. Seja onde você estiver à noite, sobre a Terra, há sempre o pulsar errático e suave da eletricidade em algum lugar. Uma flor de relâmpagos azul-prata que se abre e se fecha. Aqui, mais acolá, mais aqui.

Absorto, Anton corre os dedos sobre um nódulo que apareceu no seu pescoço na última quinzena, que ele tenta esconder erguendo o colarinho da camisa polo. A última coisa de que você precisa é cair doente no espaço. Todos ficarão preocupados e vão mandá-lo para casa, mas como não dá para voar de volta sozinho, dois outros terão de acompanhá-lo, e interromper as missões desses dois outros seria imperdoável. Ele não vai falar nada para o médico de bordo nem para seus colegas, e espera que ninguém repare. É do tamanho de uma cereja, no vão do pescoço, mais para baixo, perfeitamente indolor.

Lá está sua esposa em casa, ela mesma doente há tempos, e ele falou aos filhos que nunca deixaria nada de ruim acontecer com qualquer um deles, nunca, como se algo assim estivesse ao seu alcance. Ele é o veículo que transporta todos eles pela escuridão, e esse peso o sustentou durante anos e anos. No entanto, também é vítima da escuridão predatória, como todos nós somos. Nunca soube como lhes dizer isso. Nunca soube como dizer à esposa o que ele queria poder dizer, amigavelmente:

Zabudem, ladno? Vamos esquecer, combinado? Deixar para lá. Não nos amamos mais, por que complicar o que é simples? Quando ele encontrou o caroço, foram essas as palavras que saltaram direto para sua cabeça. *Zabudem, ladno?* Na sua cabeça, elas saíam com um tom casual e tranquilo, como se fossem uma sugestão para pôr fim a uma conversa constrangedora. Eram palavras leves e encerravam as décadas desse debater-se dentro de si, e ele tem certeza de que, ao pronunciá-las, tudo será libertado — ele, sua esposa, seus filhos —, todos eles serão libertados da escuridão da qual ele deveria salvá-los, porém jamais conseguiu.

O desamor no seu casamento é um fato que lhe ocorreu aos poucos, fichas que caíram gentilmente uma após a outra. Depois que ele viu, do outro lado da lente telescópica, as linhas de fluxo criadas por navios dando puxões no oceano, ou o laranja forte das antigas margens litorâneas da Laguna Colorada na Bolívia, ou a ponta vermelha manchada de enxofre de um vulcão em erupção, ou as dobras de pedra lapidadas pelo vento no deserto de Kavir, cada visão lhe chegou como um escancaramento do coração, uma rachadura por vez. Ele não sabia o quanto era espaçoso, o coração. Nem o quanto ele mesmo era capaz de se apaixonar por uma bola de pedra; a vitalidade desse amor é uma coisa que tira seu sono. Depois, quando flagrou pela primeira vez esse nódulo no pescoço, isso lhe pareceu — embora não consiga dizer ao certo o porquê — a culminação lógica de todas essas fichas que caíram, as revelações de que ele e a esposa não se amavam e que a vida era ampla e curta demais. Desde então, ele se sentiu resoluto, como se dotado de novas informações. *Zabudem, ladno?*, ele dirá à esposa ao retornar à Terra, e ela logo responderá, sem surpresa, com um breve aceno da cabeça, *Ladno, proekhali*. Combinado, vamos em frente. É uma resposta tão fácil para uma pergunta que eles nem sabiam fazer. Ele puxa com força o colarinho para cima.

Quando Nell avista as luzes da Cidade do Cabo, pensa na vez que esteve lá quando era criança. Não tem muitas recordações da viagem, estranhamente apenas a de estar parada em pé numa praça de paralelepípedos debaixo do calor com um macaquinho no ombro, um macaco preso por uma coleira. Essa recordação é de verdade? Ela tem certeza de que o macaco na coleira é real, e ela sabe que esteve na Cidade do Cabo, mas não sabe se as duas coisas estão juntas.

Pietro confere o noticiário para ver até onde o tufão chegou; o fato de não conseguirem vê-lo dali em órbita o deixa nervoso. Os meteorologistas decidiram denominá-lo um supertufão; falam da sua rápida intensificação que pegou todo mundo de surpresa e do aumento da frequência de tempestades que nem essa. Ele vai até a cúpula de observação para tirar fotos do mar brilhoso e da lua crescente, tudo polido, limpo e lustrado. *Deus põe nas águas as vigas de suas câmaras.* Salmo sei-lá-qual, lembra que uma vez Shaun lhe disse. E realmente parece que poderia ser verdade, essas câmaras que derramam luz sobre os mares. Ele tira fotos; às centenas.

E quanto às crianças filipinas que ele e a esposa conheceram na lua de mel, os filhos do pescador? Os sorrisos tranquilos, os joelhos ralados e a pele sedosa, os coletes e chinelos com os dedos sujos, o jeito cantado de falar, o castanho sem fundo dos lindos olhos deles, a confiança incompleta quanto a esses seres invasores que vieram para jantar e os deixaram de queixo caído diante das fotos de pessoas em trajes espaciais, esse Buzz Lightyear malhado de camiseta Armani, como se eles soubessem e vissem o que seus pais não viam (ou o que optavam por ignorar). Isto é, que o jogo jamais viraria; que fosse qual fosse o universo de onde vieram esse Lightyear e sua esposa alta, cheirosa e repentinamente grávida, eles mesmos jamais o veriam, jamais estariam sentados para jantar na casa dos invasores, numa viagem de férias de luxo com seu filho recém-concebido, a não ser que fosse via algum favor de caridade que jamais poderiam retribuir. E, em todo caso e apesar de toda a desconfiança, as mesmas medidas de completa aceitação, uma entrega abundante, presentes de conchas que eles encontraram, um boné verde de beisebol (que a esposa do Lightyear usou pelo resto da noite), um apito de plástico na forma de um burrico para darem ao bebê quando ele nascer. Onde estão essas crianças agora? Será que estão a salvo?

E então, ao fim dos experimentos do dia, todos os seis encerram o último afazer, que é a documentação de si mesmos; os relatórios de apetite, o monitoramento do humor, a medição da pressão, as amostras de urina. Cada um deles extrai sangue para o médico de bordo analisar. Estamos na era da vazante, Shaun pensa enquanto insere os frascos de sangue na centrífuga para a estiva. Ele pensa: os dias dessa espaçonave confiável já estão contados. Por que ficar confinado a uma órbita a quatrocentos quilômetros acima da Terra quando daria para estar a quatrocentos *mil* quilômetros acima? E esse é só o começo. É só a Lua. Depois uma base habitacional em torno da Lua e uma base habitacional na Lua em si, períodos prolongados de tempo por lá, com espaçonaves para reabastecimento de trajetos longos. Um dia, no futuro não tão distante, haverá homens e mulheres disparando da órbita da Terra para longe, bem longe, muito além deles seis, rumo ao farol vermelho e convidativo de Marte.

Esses seis e aqueles que vieram antes deles são os ratos de laboratório que fizeram com que tudo fosse possível. São os espécimes e objetos de pesquisa que abriram o caminho para sua própria ultrapassagem. Um dia, suas jornadas ao espaço vão parecer apenas uma excursão de ônibus, e os horizontes de possibilidades que se abrem diante dos seus dedos apenas confirmarão sua própria pequeneza e brevidade. Eles nadam na microgravidade como pequenos peixes vigiados. As células cardíacas em cultura serão um dia usadas para substituir as daqueles astronautas disparados com destino a Marte, mas as células deles não, fadadas à morte. Eles tiram amostras de sangue, urina, fezes e saliva, monitoram os batimentos, a pressão sanguínea e o padrão de sono, documentam qualquer dor, incômodo ou sensações incomuns. Dados, é o que eles são. Isso, mais do que tudo. Um meio e não um fim.

Nu e cru, esse pensamento lhes traz algum alívio das angústias do espaço — a solidão de estarem aqui e a apreensão de irem embora. Nunca foram a atração principal disso tudo e não o são agora — o que eles querem, o que pensam, o que acreditam. A chegada e o regresso. O principal de tudo são aqueles quatro astronautas agora a caminho da Lua, e os próximos homens e mulheres, os homens e mulheres que um dia viverão numa nova estação lunar, aqueles que adentrarão o espaço mais profundo, as décadas de homens e mulheres que virão depois deles. Pior, nem isso, o principal é o futuro e o canto das sereias dos outros mundos, algum sonho grandioso e abstrato de vida interplanetária, da humanidade desacoplada da sua Terra manca e libertada; a conquista do vazio.

Os seis aqui podem ou não partilhar desse sonho também, e não importa se eles sonham junto, não importa, contanto que cumpram e façam sua parte. E isso eles fazem, contentes, dia após dia. Medem a força da empunhadura. Dormem com o peito amarrado por tiras e monitores que atrapalham a respiração. Fazem varreduras do cérebro. Passam cotonetes na garganta. Puxam a seringa das suas veias sobreutilizadas. Tudo isso contentes.

> Coisas enlouquecedoras:
> O esquecimento
> Perguntas
> Sinos de igreja tocando a cada quarto de hora
> Janelas que não abrem
> Ficar deitado sem dormir
> Nariz tapado
> Tufos de cabelo em dutos e filtros
> Testes de alarme de incêndio
> Impotência
> Uma mosca no olho

Nos alojamentos russos há um globo inflável que paira acima da mesa; uma foto na parede dos montes Urais e outra do cosmonauta Aleksei Leonov e outra de Serguei Krikalev; uma mesa amontoada de ferramentas de trabalho colada às pressas com velcro, um garfo dentro de uma lata vazia de atum, o equipamento de rádio amador de Roman. Após mais de vinte e cinco anos e umas cento e cinquenta mil órbitas lancinantes, o módulo está ficando velho. Ele range e se vê cada vez menos adequado para voo. Na carcaça externa da nave, apareceu uma rachadura. Fininha, porém preocupante.

Não há nada do sonho espacial do ocidente capitalista aqui; não, um peso utilitário, um templo dedicado à engenharia robusta e ao gênio do pragmático. Uma cápsula temporal dos anos pós-soviéticos, os últimos ecos de um século que passou. Há uma tentativa de fazer desse lugar um lar, dizer que aqui está o chão e aqui está o teto e este é o lado de cima, desafiar a espacialidade do espaço que domina os outros módulos, onde em cima, embaixo, esquerda e direita são conceitos erradicados. Mas essa tentativa de aconchego é em vão, não há nada de aconchegante em paredes de velcro, em quilômetros de cabeamento e aquela luz chapada a zumbir, e no fim não é nem futurista nem doméstico — mais parecido com um bunker subterrâneo pelo qual, em todo caso, eles têm grande afeição —, dados os esforços de ser confortável, ainda que fracassados.

Aqui eles se reúnem esta noite para jantar, todos os seis, e Roman e Anton dividem os mantimentos da sua despensa — sopa de azedinha, *borscht* e *rassolnik*, peixe em conserva, azeitonas, queijo cottage e cubos de pão seco.

Foi nessa manhã que a gente conversou sobre decorar a estação que nem uma chácara?, Pietro diz. Parece que foi há uns dois minutos ou cinco anos, não consigo me decidir. Talvez seja o tufão, ele diz. O modo como ele é rastreado abaixo de nós, como uma fera milenar.

Anton, perto da janela de observação, olha para fora por instinto, mas não há tufão nenhum à vista. Ele não sabe onde estão, é tudo oceano e uma noite azul e prateada. Só ao avistar uma agulhada de luz a estibordo que ele deduz que é a Tasmânia e calcula o quanto ao sul estão. A silhueta do braço robótico da nave corta sua vista na diagonal.

Nell traz um pacote de caramelo crocante de mel com cobertura de chocolate que o marido lhe enviou na última nave de reabastecimento, pois ela estava com saudade de comida do tipo que não dá para catar com a colher; ele mandou três pacotes e ela está comendo um atrás do outro, aos bocados, com um prazer de comer que é quase superado pela dor de acabar de comer. Ela divide os últimos pedaços entre a tripulação; guardar esse restinho não serve, ela pensa. Eles falam de coisas de que sentem falta — rosquinhas frescas, creme fresco, batatas assadas. Os doces da infância.

Lembro-me tão bem de ir à *dagashiya* quando era criança, diz Chie. Íamos todos juntos, depois da escola, era como outro mundo — quando você entrava, havia um balcãozão cheio de doces, e doces pendurados no teto e nas paredes todas, e o cheiro — a doçura. Dava tontura se ficasse por muito tempo lá dentro. Era entrar e pedir doces sortidos. Um pouco de *bontan ame*, um pouco de *ninjin*, uns cigarros de chocolate.

A gente recebia sortidos, por dez *pence,* diz Nell. Se escolhesse com cuidado, dava para pegar doces de chupar e aí duravam o dia inteiro.

Korovka, diz Anton, pensando no seu sonho. E Roman repete, Korovka.

Esses são os doces que a gente provou aquela vez na sua casa?, Pietro pergunta a Roman. Sua esposa trouxe junto com o café.

Roman afirma com a cabeça, Korovka.

Ah, os docinhos de leite condensado, diz Shaun.

Eu adorei, diz Pietro, foram a melhor parte da refeição. Sem querer ofender os dotes culinários da sua esposa, Roman.

Mas ofendeu *sim* a esposa do Roman, diz Nell.

Isso é material para chantagem, diz Chie, em voz baixa.

Vocês não acham que a Rússia sofre desse mal que é o amor exagerado por leite condensado?, diz Shaun, que a essa altura já voou por cima deles, como gosta de fazer, e está ali catando restos de caramelo dos dentes de trás.

O problema de vocês, nos Estados Unidos, diz Roman, é que não põem leite condensado o suficiente nas coisas. Na verdade, esse é um problema de todo o resto do mundo.

Pietro se encolhe e dá um perfeito salto olímpico a caminho da geladeira. Quando eu era criança, tínhamos Galatine, uns docinhos de leite que eram perfeitos, diz.

E Chie, limpando a boca com um lencinho de papel tirado do bolso, diz, Quase não sobrou mais nenhuma *dagashiya* no Japão. Normalmente são transformadas em museus. Só há loja de conveniência agora.

Nell rebate um pedaço de caramelo de uma palma da mão para a outra e o observa deslizar feito uma peteca; Anton raspa o finzinho do seu peixe em conserva com o garfo, tão atento e sério, como se sugerisse haver no recipiente alguma profundidade ou complexidade que os outros não conseguem enxergar. Shaun, ainda acima deles, agora flutua de costas como se boiasse na superfície da água, e olha para as mãos, que ultimamente andam macias como as de uma criança, macias como flanela.

Os seis mal reparam no leve empurrão para trás, conforme a espaçonave altera seu trajeto para desviar de alguma coisa, destroços espaciais, sem dúvida, a breve força dos propulsores levemente ninando-os na popa.

Chie diz de repente, Minha família se ofereceu para esperar e marcar o enterro depois que eu voltar, mas eu não quis, por isso vai ser amanhã.

Ela diz que estará presente para espalhar as cinzas depois, no jardim Shikoko à beira-mar. E então afirma, Não consigo parar de pensar em casa. Na minha mãe e no meu pai no jardim.

Shaun vai ao porta-guardanapos na parede e entrega um para Chie, embora ela não estivesse chorando. Está distante ao apanhá-lo, como se não tivesse reparado quando ele o entregou. A palavra *casa* paira entre eles. A azeitona capturada com seu hashi volta para o sachê. Depois ela prende os hashis na mesa e começa a falar sobre uma lembrança dela e da mãe, subindo a montanha em Shikoko. Gesticula para indicar a imensidão da montanha com os braços e depois o guardanapo ainda nas mãos vira uma bandeira hasteada. Chie diz agora que a mãe chegou ao cume antes dela e diante da fúria plena do vento ergueu os braços toda empolgada e gritou *Chie-chan! Chie-chan! Estou aqui, estou aqui em cima!* E essa é a recordação mais feliz que ela tem da mãe adulta, quando era forte e cheia de alegria. Foi o momento em que ela se sentiu mais segura e mais amada em toda a vida, diz Chie. Quando ela gritou *Chie-chan! Estou aqui em cima!* Não consigo parar de pensar nisso agora, diz.

Ao se calar, ela enfia o guardanapo no bolso. Talvez nunca tenha falado muito a respeito de si mesma nesses meses em que estão juntos — nem durante os anos de treinamento que vieram antes. Todos estão um tanto solitários e confinados, mas ela mais do que todos. Anton se vê aos prantos, e suas lágrimas formam quatro gotículas que saem flutuando dos seus olhos, e que ele e Chie apanham na palma das mãos. Não podem deixar líquidos soltos aqui, e todos são cuidadosos com isso.

Está me ouvindo?, Roman diz.
Estou ouvindo, diz a voz.
Que bom. Meu nome é Roman.
Alô, Roman, eu sou a Therese.
Therese, ele diz. Sou um cosmonauta russo.
Uau. E como é seu inglês? Meu russo não é bom.
Não se preocupe. O russo de ninguém é bom.
Eu moro na região de Vancouver.
Que legal, eu já estive em Vancouver, faz muitos anos.
Bem, eu nunca estive no espaço.
Era o que eu imaginava.
Acho que eu não ia gostar, sabe.
Temos apenas seis ou sete minutos até a órbita passar e perdermos o sinal, então talvez você queira fazer uma pergunta?
Bem, Roman, acho que sim.
Estou aqui.
Acontece de as vezes vocês se sentirem... vocês se sentirem cabisbaixos?
Cabisbaixos?
Sim. Acontece?
Não conheço a palavra, o que quer dizer?

O que quer dizer? Quer dizer se vocês se perguntam qual o propósito.

De estarmos no espaço.

Isso. Acontece? Acontece de irem deitar no espaço e pensarem, por quê? Não ficam reflexivos? Ou então se estão escovando os dentes no espaço. Uma vez estive num voo de longa distância e estava escovando os dentes no banheiro e olhei para a janela e pensei de repente, qual é o propósito dos meus dentes? Não num mau sentido, foi só uma coisa que me desanimou e me fez perguntar qual era o sentido de mim mesma, escovando os dentes. Simplesmente me fez paralisar. Me entende? Estou falando rápido demais?

Estou entendendo.

E agora tem vezes que eu vou deitar e me bate a mesma sensação. A de que estou puxando as cobertas da cama e penso naquela vez no avião e perco o fôlego. Meus ombros caem e eu fico cabisbaixa. Fico triste, mas não sei o porquê.

Cabisbaixa. Quer dizer... talvez deprimida?

Talvez decepcionada. Desalentada. Como se tirassem o seu alento.

Você quer saber como eu me sinto?

Porque já vi fotos de vocês em que todos dormem aí em cima e são apenas sacos de dormir pendurados numa cabinezinha telefônica, e parecia tão desagradável. Tão... absurdo, se você não se importa que eu pergunte. E eu fiquei refletindo, se aconteceu de vocês subirem até aí, depois de todo esse esforço (porque sei que isso demanda esforço) e então olhar para tudo e pensar, é só isso? Não parece meio anticlimático? Entende o que eu digo?

Absurdo.

Eu lhe ofendi.

Não, não. Só estou pensando.

Desculpe.

Vou lhe dizer uma coisa, Therese, sobre nossos sacos de dormir. É verdade que eles ficam pendurados, e a maioria da gente aqui nem amarra o próprio saco com cordinhas na parede, ficamos pendurados livremente, navegando no ar, e é muito confortável. Mas, na minha primeira noite na estação, eu me lembro de ver o saco de dormir, e talvez à primeira vista dê para ficar, como é, cabisbaixo, cabisbaixo de pensar que essa será sua cama durante meses a fio, mas aí você vê algo que lhe arranca um sorriso. Vi que eu não ficava exatamente pendurado, não era só estar pendurado, sabe... não tem gravidade para isso, qual é a palavra, pesado ou...

Flácido ou sem vida.

É isso. Sabe, ele *esvoaça*; fica esvoaçando de leve, como uma vela num vento perfeito. E aí você sabe que, enquanto estiver em órbita, tudo vai ficar bem, você não vai se sentir cabisbaixo, nem uma única vez. É possível sentir saudades de casa, sentir exaustão, sentir-se como um animal enjaulado, dá para sentir solidão, mas você jamais, jamais ficará cabisbaixo.

É como se o alento entrasse, não saísse de você. Como se tudo estivesse vivo? Como se o saco de dormir estivesse vivo.

Acho que sim... exatamente.

Não estou mais ouvindo direito.

Não.

Gostaria que fosse noite, para eu poder olhar para o céu e ver a luz de vocês passando aí em cima.

Estamos passando, ainda assim.

Meu marido morreu, este rádio era dele...
Sinto muito, Therese, estamos perdendo o sinal.
Durante o verão, foi quando ele morreu.
Sinto muito, Therese...
Alô, está aí? Alô?

Amor, estou com saudades, escreve Shaun.

Lá está a mensagem na letra da mulher dele no verso do cartão-postal do quadro *Las Meninas*, seu traço canhoto inclinado para trás e fortemente comprimido, anguloso e masculino. O *saudades*. E, porém, se lhe oferecessem uma viagem para casa hoje mesmo, nem a pau ele aceitaria, e quando chegar a hora daqui a vários meses, ele não vai querer ir. Uma embriaguez; essa droga do espaço, dor de vertigem, dor de saudade. O sentimento simultâneo de não querer estar aqui e sempre querer estar aqui, o coração escavado até ficar vazio de vontade, o que não é vazio algum, mas muito mais o conhecimento do quanto é possível preenchê-lo. As vistas em órbita fazem isso; transformam a gente numa pipa esvoaçante, recebendo forma e altivez graças a tudo que a gente não é.

Ele deixa o cartão-postal flutuar no espaço acima do seu notebook, onde ele gira à deriva, num lento balé. Ele precisa responder ao e-mail de uma revista que lhe fez uma pergunta sobre o pouso iminente na Lua; pediram a uma atriz, um físico, um estudante, uma artista, um escritor, uma bióloga, um taxista, uma enfermeira, um investidor, um inventor, uma cineasta e um astronauta, ele mesmo no caso, para que respondessem: *Dada essa nova era de viagens espaciais, como estamos escrevendo o futuro da humanidade?*

O futuro da humanidade. Por acaso há qualquer coisa que ele saiba a respeito disso? Shaun pensa que o taxista teria uma ideia melhor do que ele. Ao longo dos anos, sente que sua mente se reduziu a um buraco de agulha, através do qual dá para ver com absoluta clareza os próximos momentos, que ele foi treinado para pensar em não muito mais do que isso.

Quando se passa uma semana enterrado numa rede de cavernas com quatro outras pessoas e pouquíssima comida, rastejando por horas a fio em fissuras pouco maiores do que as dimensões do seu próprio corpo para ver o quanto se aguenta de confinamento, testemunhando as pessoas mais fortes que há terem ataques de pânico, você aprende a não pensar para além da próxima meia hora, e muito menos em algo que se possa chamar de *o futuro*. Ao entrar no seu traje espacial e tentar se habituar à dificuldade de movimento, ao modo como ele raspa a pele dolorosamente, às coceiras incoçáveis que podem persistir durante horas, à desconexão, à sensação de estar enterrado dentro de alguma coisa da qual não dá para sair, de estar dentro de um caixão, então só é possível pensar na próxima respiração e ela precisa ser superficial, para não gastar oxigênio demais, mas não superficial demais, e até mesmo a próxima respiração não é preocupação sua, apenas a do momento. Ao ver a Lua ou os tons rosados de Marte, não se pensa no futuro da humanidade, mas apenas, se tanto, na probabilidade logística de que você ou qualquer pessoa que conheça terá a sorte de ir para lá. Você pensa na sua própria humanidade egoísta, obsessiva e descarada, você mesmo abrindo caminho à base da cotovelada entre milhares de outros para chegar à plataforma de lançamento, pois o que mais lhe daria uma vantagem sobre os outros, além da propulsão de uma autodeterminação e crença que consomem todas as outras coisas no caminho?

Dada essa nova era de viagens espaciais, como estamos escrevendo o futuro da humanidade?

O futuro da humanidade já está escrito, ele pensa.

Talvez nunca tenha havido um momento tão emocionante e crucial na exploração do espaço, ele começa a escrever.

Ao ver Pietro passar por ele, prestes a se abaixar e entrar no alojamento à frente, ele diz, Pietro, dada essa nova era de viagens espaciais, como estamos escrevendo o futuro da humanidade?

Em meio ao ruído de ventoinhas, Pietro aperta os olhos e leva uma mão em concha ao ouvido.

Um pouco mais alto: Dada essa nova era de viagens espaciais, como estamos escrevendo o futuro da humanidade?

O futuro da humanidade?, Pietro pergunta.

Pois é. Como estamos escrevendo isso aí?

Com as canetas douradas dos bilionários, acho.

Shaun dá um sorriso.

Alguém lhe mandou um cartão-postal?, Pietro brinca, chegando até a entrada do alojamento de Shaun e gesticulando com a cabeça na direção do quadro *Las Meninas* que está à deriva, flutuando livremente.

Minha esposa, quinze anos atrás, ele diz.

Pietro assente, e Shaun apanha o cartão-postal e lhe entrega.

Leia o verso, Shaun diz.

Eu não...

Não, pode ler.

Qual o tema deste quadro?, sua esposa escreveu no verso do cartão. *Quem está olhando para quem? O pintor olha para o rei e a rainha; o rei e a rainha olham para si mesmos no espelho; o espectador olha para o rei e a rainha no espelho; o espectador, para o pintor; o pintor, para o espectador; o espectador, para a princesa; o espectador, para as damas de companhia? Bem-vindo ao labirinto de espelhos que é a vida humana.*

Sua esposa tem sempre essa obsessão toda com papo-furado?, Pietro pergunta.

E Shaun responde: Nem te digo, não tem descanso.

Pietro fica encarando a pintura por um tempo e depois mais um pouco, então responde, É o cachorro.

Como é?

A resposta da pergunta da sua esposa, o tema da pintura é o cachorro.

Ele olha então — quando Pietro entrega de volta o cartão-postal e estende a mão para apertar a cúpula óssea do ombro de Shaun antes de ir embora num mergulho — o cachorro em primeiro plano. Nunca nem olhou para ele duas vezes, mas agora é impossível olhar para outra coisa. O cachorro está de olho fechado. Numa pintura em que tudo gira em torno do ato de ver e olhar, é a única coisa viva em cena que não está olhando para lugar nenhum, para ninguém nem nada. Shaun vê agora o quanto ele é grande e bonito, como se destaca — e embora esteja pegando no sono, não há nada de decadente ou estúpido nessa pose. Suas patas estão estendidas; sua cabeça, ereta e orgulhosa.

É impossível que seja uma coincidência, ele pensa, numa cena tão orquestrada e simbólica, e de repente lhe parece que Pietro tem razão, que ele compreendeu a pintura ou que seu comentário fez Shaun enxergar uma pintura totalmente diferente da que ele via até então. Agora não vê pintor, princesa, anão ou monarca, vê o retrato de um cachorro. Um animal cercado pela estranheza dos humanos, com todas as suas empunhaduras e babados e sedas e poses, os espelhos, ângulos e perspectivas; todos os modos pelos quais tentamos não ser animais e o quanto é cômico olhar para isso agora. E como o cachorro ali é a única coisa na pintura que não tem nada de levemente risível, que não está preso numa matriz de vaidades. A única coisa na pintura que daria para chamar de vagamente livre.

ÓRBITA 11

Tudo, tudo gira e passa.

É o que pensa Shaun e, ao guardar o cartão-postal de volta na bolsa, sente vontade de rir da pergunta que tem diante de si. *Dada essa nova era de viagens espaciais, como estamos escrevendo o futuro da humanidade?* Não estamos escrevendo coisa alguma, nós é que estamos sendo escritos. Somos folhas sopradas pelo vento. Pensamos que somos o vento, mas somos apenas a folha. E não é estranho? Como tudo que fazemos dentro da nossa capacidade como humanos apenas afirma mais e mais os animais que somos. Será que somos uma espécie tão insegura a ponto de estarmos eternamente nos admirando e tentando determinar o que faz com que sejamos diferentes? Nós, grandes seres curiosos e engenhosos, que desbravamos o espaço e mudamos o futuro, quando na verdade a única coisa que nós humanos fazemos que os outros animais não conseguem fazer é começar uma fogueira do zero. Parece ser a única coisa — e, de fato, foi o que mudou tudo, mas mesmo assim. Estamos algumas pedras lascadas à frente de todo o resto, só isso. Chimpanzés seriam capazes disso se nos observassem e aprendessem conosco, e antes que a gente se desse conta, eles estariam juntando fogueiras e migrando para climas mais frios, cozinhando seus alimentos, e aí olhe só.

Ele oferece uma prece, pelos astronautas lunares, pelo luto de Chie, por aqueles no caminho do supertufão. Vem uma lembrança daquela vez na reserva florestal em Laos, ao ouvir o dueto territorial de gibões de manhã, um canto assombroso que se repetia e ecoava pelos galhos. Ao pensar neles seis ali ou nos astronautas rumo à Lua, ele ouve aquele chamado assombroso — é o que estamos fazendo ao irmos para o espaço, afirmando nossa espécie ao expandirmos o território. O espaço é o que restou de natureza intocada à nossa disposição. O sistema solar no qual estamos nos aventurando é apenas a nova fronteira, agora que nossas fronteiras mundanas já foram descobertas e pilhadas. É só isso que essa grande empreitada humana de exploração espacial significa, no fim das contas, ele pensa, uma migração animal, uma aposta de sobrevivência. Um canto que se repete, disparado contra o nada, um canto de animais territoriais.

Com os olhos fechados, ele consegue ouvir o berro do gibão, oco e ecoando. Consegue enxergar o cachorro na pintura, com sua dignidade particular. Imagina pôr a mão no pescoço quente de um cavalo e já sente a camada lisa e oleosa da sua pelagem, embora ele mesmo mal e mal tenha tocado num cavalo em toda a vida. O dardo de um gaio entre as árvores no seu quintal. A corrida de uma aranha buscando abrigo. A sombra de um lúcio sob as águas. Um musaranho levando sua prole na boca. Uma lebre saltando mais alto do que devia. Um escaravelho se orientando pelas estrelas.

Escolha uma única criatura sobre esta terra e sua história será a história da Terra, ele pensa de repente. Ela poderá lhe contar tudo, aquela única criatura. A história completa do mundo, o provável futuro do mundo.

*

Quando Chie sai para conferir o estado dos seus ratos àquela noite, como sempre faz, ela vê no monitor que aconteceu um milagre — estão voando em círculos. Demorou uma semana para isso, mas eles conseguiram deixar para lá as grades na gaiola e firmar suas perninhas espaciais, aprendendo a negociar com a microgravidade. Agora — seria alegria ou insanidade — estão dando a volta no seu módulo do tamanho de uma caixa de sapatos como pequenos tapetes voadores. Alegria, com certeza. Parecia alegria, sim. Ela sai para tirá-los de seus módulos, sem necessidade, só para tê-los nas mãos.

É então que ela sente fechar-se sobre si o primeiro cerco do luto. Não uma pontada ou murro, mas algo furtivo e sufocante, e se agarra aos corrimãos e tenta respirar. O interior da espaçonave é uma máquina a zumbir, ela mora no interior das engrenagens de um relógio que está moendo o tempo através dos seus ossos, e sua mãe está aqui, em cima daquela montanha com sua blusinha listrada azul e branca, a saia evasê elegante e as botas de trilha que transmitiam a sensação de que ela teria várias idades ao mesmo tempo, moça, jovem mãe, mulher idosa, chamando com sua voz grave e meiga.

Chie solta os corrimãos e se dobra inteira, numa bola. Fica pendurada assim. O enterro da mãe será no dia do pouso lunar, logo nesse dia. Ela deixa o ar sair de si. É capaz de estar fazendo um barulho estranho, mas não percebe, porque o barulho do módulo é avassalador. Depois de dominar a arte de flutuar, é possível flutuar parada, sem girar. É o que ela faz. Vai saindo à deriva, devagar, de uma ponta do módulo até a outra, com os joelhos no queixo, até esbarrar de leve contra a escotilha. Depois ricocheteia de volta rumo ao centro do módulo.

Lá fora, a noite derruba uma asa de escuridão impenetrável sobre o meio do Atlântico e o planeta desaparece.

Há momentos em que parece que a única coisa a fazer é prender as pernas no peito e dar um salto pelo ar. Shaun, nos três metros cúbicos de espaço do lado de fora de onde dorme. Nell e Pietro no laboratório, onde estão vendo um filme. Roman e Anton jogando pôquer no módulo russo, as fichas são os discos magnéticos que prendem as cartas. Chie na prateleira de experimentos onde os ratos ainda estão voando. Ela abre os braços e rodopia de ponta-cabeça.

Um salto mortal, para a frente e para trás, com os braços bem abertos: lembrar-se do milagre de estar flutuando; lembrar-se de que, quando você veio aqui pela primeira vez, ficou em choque com a falta de gravidade, pois o corpo ficava tentando decidir de que lado ficava a "parte de cima" e não havia nenhuma pista. Ele tinha essa sede de resistência e não havia nada a que resistir.

Quando chegaram aqui, sofreram por horas ou dias de enjoo espacial. Não paravam de trombar nas coisas. Impulsionavam-se rápido ou brusco demais; a náusea os levou a ficar pendurados nos seus alojamentos com uma venda, insistindo para que o cérebro achasse que estavam deitados. No entanto, logo parece que o corpo deles aceitou a mudança, e a aceitação foi sentida como uma espécie de manutenção da paz. Ousaram dar um salto mortal. Depois a mente deles seguiu em frente e eles começaram a compreender — pairavam sobre a janela com uma visão diurna ou noturna da Terra e se lembravam de que estavam caindo, com uma onda renovada de compreensão. Flutuavam não pela falta de gravidade — há gravidade para dar e vender aqui, tão perto da Terra — mas porque estavam num constante estado de queda livre. Não estavam voando, mas caindo. Caindo a vinte e sete mil quilômetros por hora. Nunca chegam ao chão, claro; dava para ver o que havia então sido apenas teoria, que a curvatura da Terra se afastava da nave em queda livre na mesma exata velocidade com a qual a nave transitava, de modo que as duas jamais poderiam colidir. Um jogo de gato e rato. Eles lá dentro, sem peso, do mesmo modo que se fica momentaneamente sem peso ao descer uma montanha-russa em queda livre. Trabalhando, correndo, dormindo, comendo num constante estado de queda livre.

Eles lá dentro dão saltos mortais para a frente e para trás, porque às vezes é a única coisa a se fazer quando se está caindo sem parar ao redor da Terra.

ÓRBITA 12

Eles flutuam em frente a um filme russo sobre dois cosmonautas que foram possuídos por alienígenas durante a reentrada na Terra. Passam entre si um pacote de balinhas de hortelã. Quase no fim do filme, os seis estão pendurados, os braços retos à frente, a cabeça se mexendo; parecem tão serenos dormindo.

Pietro, com um vago sorriso, o cabelo volumoso e pueril, uma perpétua expressão de esperança no rosto. Nell com as bochechas coradas e os lábios franzidos como se ainda extraísse o último gosto da bala. Roman, as sobrancelhas pesadas transmitindo a ideia de um contentamento profundo e intencional, que não se deve perturbar. Shaun de algum modo parece ter sido arremessado, com os braços mais abertos do que os dos outros, a cabeça atirada para trás. Chie, as mãos suspensas em pulsos que parecem frágeis, um estado de alerta no movimento das pálpebras, o rabo de cavalo subindo reto acima da cabeça, como sempre, transmitindo no sono uma estranha sensação de prontidão para o ataque. Anton — Anton com cara de quem está gostando, como se tivesse acabado de presentear os filhos com algo que eles queriam muito; sua mão flutua e o punho está semicerrado, e um dos músculos salta na base do dedão.

O filme segue num *crescendo* em som até seu clímax, alguma violência de impacto e música lancinante — mas já estão acostumados com o barulho aqui. Ninguém acorda.

ÓRBITA 13

No calendário cósmico do universo e da vida, se o Big Bang aconteceu no dia 1º de janeiro, há quase catorze bilhões de anos, quando um ponto de energia denso e sobrecarregado de tanto conter o universo estourou numa velocidade mais rápida do que a da luz e a mil trilhões de graus Celsius, uma explosão que precisou criar o espaço dentro do qual explodir, já que não havia espaço algum, coisa alguma, nada algum, era perto do fim de janeiro quando as primeiras galáxias nasceram, quase um mês inteiro e um bilhão de anos de átomos deslocando-se numa comoção cósmica até começarem a se reunir, brilhantes como uma bomba, em fornalhas de hidrogênio e hélio a que chamamos agora de estrelas, as estrelas em si se reunindo em galáxias até que, quase dois bilhões de anos depois, em dezesseis de março, uma dessas galáxias, a Via Láctea, foi formada, e um verão de seis bilhões de anos se passou nessa confusão rotineira até que, no fim de agosto, a onda de choque de uma supernova pode talvez ter feito com que uma nebulosa solar que rodava lentamente colapsasse — quem sabe? —, mas em todo caso ela colapsou de fato e no seu centro condensado se formou uma estrela a que chamamos de nosso Sol, e ao redor dela um disco de planetas, num tiroteio cósmico de rocha e gás que bate e baqueia, reverbera e ribomba, o confronto direto de matéria e gravidade, e chegamos em agosto.

Quatro dias depois, surgiu a Terra e, um dia depois, sua Lua.

No dia 14 de setembro, quatro bilhões de anos atrás (segundo pensam alguns, pelo menos) veio um tipo de vida, umas coisinhas unicelulares intrépidas que se convidaram a existir num momento de irreflexão e não sabiam a santa bagunça que iam fazer, e duas semanas depois, no dia 30 de setembro, algumas dessas bactérias aprenderam a absorver o infravermelho, a produzir sulfatos e, passado um mês, depois da maior façanha de todas, a absorver luz visível e produzir oxigênio, nosso ar respirável vitalizável pulmonável, embora a Terra ainda fosse um lugar despulmonado e seguisse assim por um bom tempo, e no dia 5 de dezembro chegou a vida multicelular, com algas vermelhas, marrons e enfim verdes que brotaram em fluorescências ilimitadas nos baixios de água iluminada pelo Sol, e no dia 20 de dezembro as plantas chegaram ao solo, as hepáticas e os musgos, sem caules nem raízes, mas presentes ainda assim, depois no seu encalço, após apenas alguns milhares de anos, as plantas vascularizadas, gramíneas, samambaias, cactos, árvores, o solo até então inviolado da Terra já serpenteando de raízes e explorado, pilhado da sua umidade em breve a ser restaurada pelas nuvens, sistemas cíclicos de crescimento e apodrecimento e crescimento outra vez, debatendo-se e acotovelando-se atrás de água e luz, buscando altura, buscando largura, buscando verdor e cores.

É Natal, embora vá demorar ainda para a natividade de Cristo — 0,23 bilhão de anos atrás e aqui chegam os dinossauros para seus cinco dias de glória antes do evento de extinção que os aniquilou ou, pelo menos, aniquilou os terrestres dentre eles, aqueles que pisavam, corriam e mordiscavam as árvores, e deixaram na sua ausência uma vaga livre: *Procura-se — formas de vida terrestres, com urgência, candidate-se aqui*, e quem veio se candidatar senão as coisas mamíferas, que pontualmente no meio da tarde da véspera de Ano-Novo evoluíram até assumirem sua forma mais oportunista e ardilosa, os acendedores de fogueiras, os entalhadores de pedra, os derretedores de ferro, os lavradores de campos, os veneradores de deuses, os contadores de tempo, os navegadores de navios, os usufruidores de sapatos, os mercadores de grãos, os descobridores de terras, os planejadores de sistemas, os tecedores de música, os entoadores de canções, os misturadores de tinta, os encadernadores de livros, os somadores de números, os atiradores de flechas, os observadores de átomos, os enfeitadores de corpos, os engolidores de comprimidos, os procuradores de pelo em ovo, os coçadores de cabeça, os possuidores de cabeça, os perdedores de cabeça, os predadores de tudo, os arguidores da morte, os amantes do excesso, os excessivos de amor, os embriagados de amor, o déficit de amor, a carência de amor, o anseio de amor, o amor do anseio, a coisa com duas pernas, o ser humano. Buda chegou aos seis minutos para a meia-noite, meio segundo depois os deuses hindus, em outro meio segundo veio Cristo e um segundo e meio depois Alá.

No segundo final do ano cósmico chegaram a industrialização, o fascismo, o motor à combustão, Augusto Pinochet, Nikola Tesla, Frida Kahlo, Malala Yousafzai, Alexander Hamilton, Viv Richards, Lucky Luciano, Ada Lovelace,

o financiamento coletivo, a fissura atômica, o surrealismo,
o plástico, Einstein,
FloJo, Touro Sentado, Beatrix Potter, Indira Gandhi, Niels Bohr, Calamity Jane, Bob Dylan, memória RAM, futebol, muro de pedrinhas, desfazer amizades, a guerra russo-japonesa, Coco Chanel,
antibióticos, o Burj Khalifa, Billie Holiday, Golda Meir, Igor Stravinski, pizza,
garrafas térmicas, a Crise dos Mísseis Cubanos,
trinta Olimpíadas de verão e vinte e quatro de inverno,
Katsushika Hokusai, Bashar Assad, Lady Gaga, Erik Satie, Muhammad Ali, o estado paralelo, guerras mundiais,
voar,
o ciberespaço, o aço, transistores,
Kosovo, saquinhos de chá, W. B. Yeats,
matéria escura, jeans, bolsa de valores, a Primavera Árabe, Virginia Woolf, Alberto Giacometti,
Usain Bolt, Johnny Cash,
anticoncepcionais,
comida congelada,
o colchão de mola,
o bóson de Higgs,
imagens em movimento,
xadrez.

Exceto que, claro, o universo não termina quando soa a meia-noite. O tempo avança com seu niilismo de sempre, engolindo a todos nós, estarrecedor e insensível às nossas preferências pela vida. Fuzila todos nós. Em mais uma fração de segundo, milênios vão se passar e os seres na Terra vão se tornar exoesqueletais-cibernéticos-maquínicos-imorredouros, pós-seres manipulando a energia de alguma estrela desditosa e bebendo-a até secar.

Se o calendário cósmico engloba mesmo a totalidade do tempo, a maior parte do qual ainda está por ocorrer, dentro de mais dois meses é possível que qualquer número de coisas tenha acontecido a essa bolinha de gude fresca que é a Terra, e nenhuma delas é lá muito promissora do ponto de vista da vida — uma estrela errante poderia bagunçar o sistema solar inteiro e a Terra junto, uma queda de meteoro poderia causar uma extinção em massa, a inclinação axial da Terra poderia aumentar, a dobra e deriva das órbitas poderia, cedo ou tarde, expulsar alguns planetas e, em todos os eventos, os quatro meses seguintes serão difíceis, cinco bilhões de anos em que o Sol vai ficar sem combustível, expandir-se até virar uma anã vermelha e consumir Mercúrio e Vênus. A Terra, se sobreviver, será um lugar queimado e árido, seus oceanos fervidos até secarem, cinzas aprisionadas numa órbita interminável ao redor de uma anã branca anã negra, um Sol moribundo até o espetáculo todo terminar conforme a órbita começar a decair e o Sol nos engolir.

E essa é apenas a cena local; uma confusãozinha, um minidrama. Nós nos flagramos num universo de derivas e colisões, as ondulações longas e lentas do primeiro Big Bang enquanto o cosmos se rompe; as galáxias mais próximas se apertam, depois as que restam se espalham e vão fugindo, uma por uma, até cada uma delas estar sozinha e só existir o espaço, uma expansão que se expande em si, um vazio que gera a si mesmo, e no calendário cósmico, tal como existiria então, tudo que os humanos foram e fizeram um dia será uma breve luzinha que pisca e depois se apaga outra vez num único dia no meio do ano, sem deixar nenhuma lembrança.

Existimos agora num desabrochar fugaz de vida e sapiência, um estalo dos dedos de uma existência frenética, e é isso. Esse estouro estival da vida é mais bomba do que semente. Essas eras fecundas avançam com rapidez.

(Mais tarde, tão tarde, os seis da tripulação acordam apaspalhados do seu sono pós-filme. É dia ou noite? Será que os outros já chegaram à Lua? Em que década, em que século estamos?

É uma e meia da manhã; passaram-se várias horas do horário de dormir rigidamente definido. Por sorte, o controle da missão desliga as câmeras de segurança à noite, eles pensam, como gracinha, mais ou menos; do contrário, levaríamos todos um sabão.

Nesse estado meio sonolento e confuso, a estranheza da vida deles por um momento os pega no pulo. Ela os flagra num círculo no meio do módulo, um de frente para o outro, como se tivessem acabado de se reencontrar depois de um bom tempo separados. Sem palavras nem motivos, eles velejam para o interior da nave e se unem, doze braços enlaçados. *Buona notte, o-yasumi, spakoini notch*, bons sonhos, boa noite. Mãos apertam ombros e bagunçam cabelos. Depois, propulsionando-se para trás, um breve olhar de relance lá fora diante da luz forte do dia que inunda a Flórida, e cada um deles vai para seu alojamento, onde a estação obscura vai ninando-os de volta ao sono com seu rumor.)

ÓRBITA 14, EM ASCENSÃO

Com uma paz e um silêncio inauditos, o tufão atinge terra firme. Da quietude da perspectiva deles, os painéis solares são cobre contra a noite. A escuridão do oceano Índico cede lugar às nuvens coalhadas, e o tufão é uma massa branca espessa reluzente de luar. Sua órbita avança ao nordeste, por cima da Malásia, da Indonésia, das Filipinas, mas essas ilhas desapareceram.

Ninguém aqui está acordado para ver; já passa das duas da manhã e a espaçonave segue escura e zumbindo. A grande janela redonda não oferece vista alguma, apenas uma vastidão sem perspectiva do tufão. Lá está o braço mais ao leste da sua espiral e as nuvens de centenas de quilômetros em volta se mexem na base do açoite. Qualquer um que observasse seria impactado pela vertigem dessa Terra rodopiante.

Os que estão lá embaixo sob o teto de nuvens enxergam uma asa de porta de carro pela rua, ao que se segue uma chapa de ferro corrugado. Enxergam uma árvore arrancada das raízes contra um banco esmagado contra uma bicicleta, também esmagada contra um outdoor arremessado até o outro lado da rua. Enxergam cinquenta crianças amontoadas atrás de uma barricada de mesas enquanto o vento abala a escola ao seu redor. Enxergam as lanças da chuva contra as enchentes que avançam em terra. Enxergam o cachorro de alguém levado pela correnteza na rua, nos dois metros daquela água que é uma sopa entulhada de coisas, e o alguém daquele cachorro prontamente indo atrás dele, e uma sombrinha, um carrinho de bebê, um livro, um armário, pássaros mortos, lona, uma van, vários sapatos, coqueiros, um portão, o corpo de uma mulher, uma cadeira, vigas de teto, roupas, gatos, batentes de porta, tigelas, placas da estrada, o que você imaginar. Eles enxergam o oceano se apossando da cidade. O aeroporto colapsa, os aviões são revirados. As pontes vão abaixo.

A primeiríssima irrupção de prata no ombro direito da Terra sinaliza que a alvorada está logo por vir, e conforme a órbita avança ao norte as nuvens se desintegram e o tufão segue descendo atrás. As luzes de Taiwan e Hong Kong dobrando a curvatura da Terra na direção deles parecem incêndios em fúria. O anel da luminescência atmosférica é um verde neon que se apaga e fica laranja.

Agora alguns sonhos chegam a Chie, sonhos em que a mãe está viva, com pitadas de alívio e exultação. Embaixo dela, o Japão e o leste da Ásia se amontoam na vista da frente e, se ela fosse acordar e olhar para fora, veria pouco ou nada do tufão. Veria apenas um lindo planeta que rodopia inabalável pelos lugares da sua infância. É o finzinho da noite lá embaixo e o continente está gravado em ouro.

ÓRBITA 14, EM DESCENSÃO

Coisas esperadas:
    Ameixas
    Oniguiri
    Esquiar
    Bater uma porta com raiva
    Dor nos pés
    Ovo frito
    Sapos coaxando
    A necessidade de um casacão de inverno
    O clima

Chie criava listas quando era criança, quando ficava transtornada ou ansiosa. Passou por uma fase de surtos de raiva inexplicáveis e começou a fazer listas de todas as pessoas de quem gostaria de se livrar e de todos os modos como gostaria que elas morressem. Sabia que era errado querer ela mesma matá-las, por isso as mortes eram sempre acidentes evitáveis. Quando a raiva passou, as listas mudaram de tom, mas nunca deixaram de existir. Seus pais imaginavam que era o modo da filha de controlar seus sentimentos e nunca tentaram impedi-la, mal comentavam, e ao longo da vida inteira nos momentos difíceis essas listas iam dando as caras de novo. De certa forma, ela sequer repara que está fazendo listas, assim como é com os hábitos de roer unhas ou travar os dentes, coisas que trazem um conforto reflexivo. Aqui, elas pairam de leve nos seus apoios nos alojamentos, enquanto ela sonha. Houve uma vez, aos oito anos, que ela fez uma lista de *coisas incomuns,* na qual um dos itens era pilotos mulheres. Ela perguntou aos pais, aos professores, quantos pilotos havia no Japão que fossem mulheres e a resposta acabou sendo zero, pelo menos no Exército. Nenhuma. E uma semente acabou plantada na sua mente resoluta, uma mente metódica, destemida e cristalina.

Quando Anton tinha seis ou sete anos, ele construiu uma miniatura de espaçonave, como tantas crianças fazem, a partir de uma garrafa de detergente de louça e papel-alumínio, e seus astronautas, feitos de pregadores e embrulhados em algodão, faziam caminhadas espaciais quase todos os dias. Estavam permanentemente de traje espacial, brancos e tão redondos que pareciam quase não ter membros, saíam da escotilha poucos segundos depois de acordarem, quase como quem sai da cama. Seu pai lhe mostrou que, se ele ficasse num quarto escuro e acendesse uma lanterna, muitas vezes era possível ver as partículas cintilantes de poeira em suspensão na trajetória da luz; era ali que seus astronautas fariam seu lançamento, e ele os segurava de leve entre o dedão e o indicador, deixando que flutuassem entre as partículas de poeira como se fossem estrelas. E esse logo se tornou o propósito das caminhadas espaciais — catalogar um campo cada vez mais profundo de estrelas.

Nos seus sonhos, agora, Nell está nadando com Shaun em busca dos astronautas do *Challenger*, porém Nell é criança, pelo menos é o que seu sonho lhe diz; ela não parece criança, parece ela mesma, mas como o conceito de "ela mesma" é um tanto esquivo, fica fácil para o sonho transpor as duas coisas, criança e adulta; estão mergulhando. Nell carrega uma vela e a chama esvoaça debaixo d'água. E então eles a encontram, a coisa que estavam procurando, que por acaso era essa chama. No relevo oceânico, uma fogueira. A chama é circular como aquelas em microgravidade, e eles a levam de volta a um barco que na verdade é uma rocha boiando no meio do oceano. Em cima dessa rocha está a mãe dela, segurando o macaquinho de que Nell se lembrou hoje, o macaco na lembrança da praça na Cidade do Cabo, e que, nos seus sonhos, parece novidade, repleto de significado. Ah, Nell pensa, entendi. Entendi finalmente; é por isso que vim para o espaço. Há um choque de luto detonado no seu sonho, que o explode em pedaços. Ela desperta. Não sabe o que entendeu no sonho, está lá na sua mente, mas desaparece com o toque. Há apenas um luto milenar pela mãe há muito falecida. Não é mais infelicidade, apenas uma abrasão. Quando cai de novo no sono, a mãe que ela vê não é a dela, mas a de Chie.

A coisa peculiar (que eles jamais descobrirão) é que Shaun também sonha com essa chama circular, essa rosquinha de fogo na microgravidade. Não o resto, só o fogo. Ele roda no espaço e o perturba porque parece negar a existência de Deus, segundo alguma lógica que pertence apenas aos sonhos. Depois a rosquinha de fogo vira um tufão, uma coisinha espiralada igual a uma galáxia, e ele a observa de longe. Em algum ponto durante a noite, ele tira os plugues de ouvido e os segura, um em cada uma das mãos delicadamente fechadas.

Decidi virar astronauta quando estava no útero, é o que Roman diz a uma sala cheia de gente. Antes de nascer, quando recebia o oxigênio por um cordão umbilical, quando nadava sem sentir o peso do corpo, quando conhecia o infinito porque era de lá que eu havia acabado de sair, foi quando decidi virar astronauta. E as pessoas na sala começam a rir e a bater palmas, como se ele tivesse contado uma piada, quando na verdade o que ele contou é a verdade mais chã que ele conhece. Em todo caso, ele sente uma felicidade excepcional. Sua mãe e seu pai estão ali, batendo palmas juntos, e atrás deles está Anton.

Chie, meio acordada, meio dormindo, está em Shikoku na casa dos pais à beira-mar e um tufão uiva e a Lua é soprada para o lado. Ela está nos degraus da varanda, abraçando a mãe com força contra o peito e a mãe é uma criança e as mãos dela na palma das mãos de Chie são pequenas como laranjas *mikan*. O mar bate contra o degrau mais baixo. *Está tudo bem, mãe*, ela sussurra, *daijōbu-desu*, pronto, está tudo bem. *É o dia do pouso na Lua*, ela diz, *olhe para cima e veja*. Contudo, o que elas veem é que a Lua, em cuja direção os astronautas estão velejando, foi tirada de curso pelo vento, uma meia órbita terrestre, e os astronautas não conseguem encontrá-la, ao que a mãe diz, *Sempre soube que isso ia acontecer. Sempre soube*. Ela abraça a mãe enquanto os milênios passam, esmagando-a contra o peito. Não deveria ter te abandonado, ela pensa. Jamais irei tão longe outra vez. Os planetas chicoteiam ao redor da Terra, a luz é alaranjada e a Terra se choca com a Lua levada pelo vento, e as duas ficam ali no degrau. *Jamais outra vez*, ela diz, *jamais outra vez*.

Para Anton, é o sonho da Lua de novo, sua terceira repetição. Ele está à deriva sozinho perto da Lua como ocorreu com

Michael Collins, e ouve um murmúrio, que dessa vez não vira vozes, mas música, a nota de um violino que estica o espaço de modo que a Terra está tão distante que ele mal consegue enxergar. Tudo é distorcido pela música. Ele está apaixonado; não pergunta por quem ou o quê, nem como sabe disso, mas sabe, e ele sai do seu traje espacial para sentir melhor, essa coisa elástica e extática; ele tira o capacete do traje e descobre que era apenas um chapéu, um *kartuz* de seda com uma grande flor vermelha em cima.

Pietro não sonha. Tem uma rara noite de sono profundo, maciço e sem pensamentos. Sua respiração e seus batimentos cardíacos são poucos e constantes, o rosto livre de vincos, o corpo um poço atomizado do ser, uma soma despreocupada das suas partes, como se ele soubesse que lá fora a Terra segue caindo em perpétua invenção e não deixa que ele faça mais nada. Nossa vida aqui é ao mesmo tempo inexprimivelmente banal e marcante, parece que ele está prestes a acordar e dizer. Ao mesmo tempo repetitiva e sem precedentes. Temos uma importância imensa e irrelevante. Alcançar os píncaros da realização humana só para descobrir que suas realizações não são quase nada e que obter essa compreensão é a maior realização de qualquer vida, o que em si não é nada, e também mais do que tudo. Um pouquinho de metal nos separa do vazio; a morte está tão próxima. A vida está em toda parte, em toda parte.

ÓRBITA 15

Eles têm velejado rumo ao nordeste por hectares de puro nada, sem testemunhas, partindo da escuridão das calotas de gelo antártico. Todos dormem. Embaixo deles, desliza o noturno oceano Índico, quase sem qualquer noção da existência da Terra. Há a linha alaranjada e vaga da atmosfera que é a única sugestão de que existe um planeta lá — isso e a Lua próxima e fiel. Porém, em meio à atmosfera é possível ver as estrelas, e então parece que essa beirada externa da Terra é feita de vidro ou que o planeta está contido dentro de uma redoma de vidro. E conforme a espaçonave orbita rumo a um horizonte em perpétua renovação, também as estrelas parecem se apressar numa ascendente efervescência nos seus bilhões.

Talvez essa espaçonave seja a única coisa que há. Deslizando em silêncio ao redor de uma pedra invisível. Talvez tenha sido assim para aqueles primeiros descobridores que, durante uma noite cega em alto-mar, a tantos meses e milhares de quilômetros de um litoral que eles não tinham como saber se existia, foram tomados por uma intimidade com a Terra, uma noção de que seriam os únicos na sua face, e conheceram uma breve paz.

Acabou de passar das três da manhã nos relógios aqui em cima. Lá embaixo, raios pulsam devagar e ofuscantes no meio do breu, a dezenas ou centenas de quilômetros de distância, e a escuridão acetinada se torna leitosa com as nuvens da tempestade. O equador se aproxima. Traz consigo uma estrela que grita, uma imensa luz de Belém. Não é bem como se eles a seguissem, é ela que vem na direção deles, uma onda de alvorada que lava a noite até a popa, e as nuvens (os destroços de um tufão naufragado) são picos turbulentos de violeta e pêssego.

O clangor de centenas de címbalos da súbita luz do dia. Alguns minutos depois, eles descem do oceano, onde as Maldivas, o Sri Lanka e a ponta da Índia estão maduros de manhã. Os depósitos aluviais rasos e bancos de areia do golfo de Mannar. A estibordo estão os litorais da Malásia e da Indonésia, onde a areia, as algas, o coral e o fitoplâncton tornam as águas luminosas com um espectro de verdes — exceto que agora há nuvens roladas de uma tempestade rompida e a paisagem geralmente tranquila se vê exausta e perturbada. Enquanto sobem a costa leste da Índia, as nuvens vão ficando mais ralas; a manhã se fortalece e se torna clara por um breve momento, depois uma névoa avança pela baía de Bengala, as nuvens finas e numerosas, e o estuário sedimentar do Ganges se abre para Bangladesh. As planícies foscas e os rios ocres, um vale bordô com uma serra de milhares de quilômetros. Os Himalaias são uma geada rastejante; o Everest, um ponto indiscernível. Tudo além dali que cobre a Terra é o marrom forte e vigoroso do planalto tibetano, glacial, entrecortado de rios e rebitado com as safiras de lagos congelados.

Subindo agora na diagonal das grandes montanhas da China, o vago borrão de ferrugem que são as florescências outonais extraordinárias do vale Juizhaigou e depois o deserto de Gobi, aparentemente indistinto, exceto que, ao olhar mais de perto, há pinceladas ousadas de um pintor que enxerga na areia o movimento da água, e a enxerga em raios marrons de malva, cor de ovo de pata, limão e carmim, e lança o árido em tons de derramamento de óleo, criando cânions de conchas nacaradas. E ela avança, a órbita ao norte, rumo à tarde da Coreia do Norte e até acima de Hokkaido. O Japão é um filamento que se estende até desaparecer. Foi há onze órbitas e dezesseis horas que eles passaram por ali, descendo, e dessa vez eles contornam o Japão ao subir, atravessando o braço das ilhas russas que se estendem ao longo da cordilheira do Pacífico, acima do mar de Bering. Agora a Terra desliza, como uma camisola de seda.

Há uma sensação de estar escalando os continentes, escalando até a crista da Terra. Escalando até cobrir o Pacífico Norte num arco, amplo e perfeito. Embora sua órbita avance numa linha reta ao redor do planeta, a rotação deste faz com que a trajetória orbital pareça dar voltas para cima e para baixo, norte e sul em ondulações profundas, da beirada do Círculo Ártico até os mares do Sul. E agora, na sua ponta mais ao norte, ele mergulha outra vez. Muito distante à esquerda, está o nítido e suave bombom de gelo que marca o Alasca. Um docinho sem nuvens de um branco crocante. Quando as nuvens se acumulam mais ao sul, a paisagem inteira é um redemoinho líquido de blocos de gelo e nuvem. A longa cauda da península do Alasca. Um vislumbre de terra, de fiordes e braço de mar. A coluna vertebral de uma serra. Os blocos de gelo ficam mais rarefeitos. A costa do Canadá, a bombordo, não é uma costa coisa alguma, mas um pedaço de continente que foi quebrado em pedaços aleatórios a marretadas.

Antes de terem vindo para cá, costumava haver uma sensação de que existia um outro lado do mundo, o distante-e-fora-de-alcance. Agora eles podem ver que os continentes se trombam como jardins que cresceram demais — que não há qualquer separação entre Ásia e Australásia, mas ambos se fazem contínuos pelas ilhas que pontilham o mar entre os dois; igualmente Rússia e Alasca estão nariz com nariz, mal há um pingo d'água para mantê-los separados. A Europa passa para a Ásia sem uma única nota de alarde. Continentes e países chegam um depois do outro, e a Terra dá a impressão de ser — não pequena, mas quase infinitamente conectada, uma epopeia de versos que jorram. Não há nela a menor possibilidade de oposição. E mesmo quando os oceanos chegam, e chegam e chegam e chegam num fluxo ininterrupto, e não há a menor noção de terra firme ou qualquer coisa que não seja um azul lustrado, e cada país de que você já ouviu falar parece ter se escondido na caverna do espaço, mesmo nesses momentos não existe uma expectativa de qualquer outra coisa. Não há nada mais e nunca houve. Quando a terra firme reaparece, você pensa, ah, sim, como se tivesse acabado de acordar de um sonho cativante. E quando um oceano reaparece, você pensa, ah, sim, como se acordasse de um sonho dentro de um sonho, até se saturar tanto de sonho que não dá para encontrar mais uma saída e você nem pensa em tentar. Está somente flutuando e rodopiando e voando a centenas de quilômetros de profundidade dentro de um sonho.

A noite está logo ali. Mais para o leste, onde o horizonte começa a ficar borrado. Não aqui ainda, mas chegando perto. O Pacífico lá embaixo, desaparecendo numa curvatura distorcida que são os picos polvilhados de neve da Sierra Nevada, e se olhasse por uma lente de zoom você veria, lá longe, as cidades de San Francisco, Los Angeles, San Diego impressas numa massa continental que está impressa no mar, uma linha costeira traçada em branco com ponta fina, um tom acinzentado de matagais queimados. As férteis planícies costeiras da Baixa Califórnia. O pescoço magrelo da América Central. Tudo isso se distorce e desaparece também.

Há momentos em que a rapidez dessa passagem pela Terra é o suficiente para exaurir e deslumbrar. Você sai de um continente e já está no próximo dentro de um quarto de hora, e é difícil às vezes deixar para lá a sensação daquele continente desaparecido, ele senta-se às suas costas, toda aquela vida que acontece ali naquele lugar que veio e foi embora. Os continentes passam como as campinas e vilarejos na janela de um trem. Dias e noites, estações e estrelas, democracias e ditaduras. É só à noite, quando você vai dormir, que você se alivia dessa esteira perpétua. E mesmo ao dormir você sente a Terra girar, assim como sente uma pessoa deitada ao seu lado. Você a sente ali. Sente todos os dias que penetram sua noite de sete horas. Sente todas as estrelas efervescentes e os humores dos oceanos e o tropeço da luz contra a pele, e se a Terra parasse por um segundo na sua órbita, você acordaria de sobressalto, ciente de que há algo errado.

Passaram-se quarenta minutos desde a alvorada e agora, se esgueirando pelo leste está a sombra da noite. Não parece grande coisa, só um borrão a bombordo. O azul virou roxo, mas é só isso. O verde virou roxo, o branco virou roxo, os Estados Unidos ficaram roxos, ou o que restou deles, em todo caso.

Não, os Estados Unidos desapareceram. A noite desmanchou a tessitura azul e verde da Terra. O equador é atravessado mais uma vez, de norte a sul, e a Lua está crepuscular e um grau mais gorda. De repente agora, como se descontente, o terminador arranca a luz da face da Terra e as estrelas explodem como pingos de neve vindos de sabe-Deus-onde. No seu sono, a tripulação sente o peso brusco da noite — alguém desligou aquela grande lâmpada que é o planeta. Eles descem a um degrau mais profundo de sono.

Agora o oceano, o Pacífico Sul partindo das praias do Equador e do Peru, onde Quito e Lima anunciam a terra firme. Há mil quilômetros de raios eletrificando o litoral, e uma trilha de três mil e duzentos quilômetros de nuvens *nimbus* que se sentam sobre o mar, e uma fortaleza de uma montanha de seis mil e quatrocentos quilômetros. E na floresta mais densa onde não se veem cidades, há mil quilômetros de uma colcha de retalhos de pontos alaranjados, onde a floresta tropical arde. Ela queima até a beirada dos Andes. Queima, atravessando o leste do Brasil descendo até o Paraguai e a Argentina, onde a órbita atravessa um continente em chamas. Doze milhões de vidas se aninham lá embaixo, em Buenos Aires, cujo centro dá espaço aos subúrbios que dão espaço à zona rural que dá espaço ao escuro, e onde o rio dá espaço ao estuário que dá espaço ao oceano e ao alto Círculo Antártico.

Preso embaixo da barriga da Terra, em todos esses hectares de noite, está o clima estranho do Polo Sul no crepúsculo, mas aqui, nessas latitudes mais ao norte, o céu é espesso e cheio de galáxia. Você está olhando agora diretamente para o coração da Via Láctea, cuja gravidade é tão forte e irresistível que a sensação, em certas noites, é de que a órbita vai se desligar da Terra e se aventurar por lá mesmo, rumo àquela massa profunda e densa de estrelas. Bilhões e bilhões de estrelas que emanam sua própria luz, por isso não dá mais para falar em escuridão.

Agora vem a longa vastidão do Atlântico Sul, uns três mil quilômetros sem que a terra firme os interrompa, até a ponta mais ao sul da África. Porém, se a tripulação estivesse observando e tivesse ajustado os olhos, não haveria qualquer sensação de vazio, apenas o imenso consolo daquilo que jamais poderiam conceber ou compreender. E é por essa noite que a nave deles veleja por um tempo, perdida no mundo.

Quando chegam as luzes da Cidade do Cabo, elas são uma garra que marca o começo ou fim de um continente de vários milhares de quilômetros. A órbita em ascensão sobe seu litoral, Moçambique, Tanzânia, Quênia, Somália. A África é um marrom poeirento sob a noite enluarada, esparsa de nuvens e eletrizada por relâmpagos que atravessam sua envergadura. Suas luzes urbanas são discretas e poucas. Maputo aqui, Harare ali, Lusaka para lá, Mombaça mais adiante, e cada uma delas é uma pequena pilha de moedas de ouro sobre uma tapeçaria, sem nada para uni-las — sem estradas iluminadas à noite ou alastramento urbano. Uma linda e aveludada escassez humana sobre uma terra que pende para o nada; você sente que daria para cair de lá, só que, a cada novo momento, vem ainda mais terra, e você segue sua trilha atravessando o golfo de Aden até o Oriente Médio.

As luzes de Salalah no mar Arábico, um zumbido elétrico contra o redemoinho do deserto, e um minuto antes Abu Dhabi, Doha, Muscat estariam cravejando o litoral ao longe, mas não houve tempo — o Sol vem subindo mais uma vez e um canivete de prata arromba a noite. Para a tripulação, passaram-se milhares de alvoradas enquanto estiveram no espaço, e desses milhares eles assistiram a centenas, e se estivessem acordados agora sairiam flutuando dos seus alojamentos e assistiriam a mais um. Não sabem como é possível que essa vista seja tão infinitamente repetitiva e, ao mesmo tempo, renove-se a cada vez, todas as vezes. Abririam as cortinas das janelas côncavas e ficariam cientes de si mesmos, como cabeças e troncos solitários no vácuo do espaço. Suspensos num pequeno bolsão de ar respirável. Uma sensação de gratidão tão avassaladora que não haveria nada que pudessem fazer com ou a respeito dela, nenhuma palavra ou pensamento que estivesse à altura, então por um momento eles fechariam os olhos. A Terra ainda estaria lá no interior das suas pálpebras, uma esfera vívida e geometricamente perfeita, e eles não fariam ideia se era apenas uma imagem residual ou projeção da mente, já que conheciam o planeta tão bem até agora que poderiam desenhá-lo sem referência.

Nada encolhe ou se perde a cada alvorada, e todas elas os deixam perplexos. Toda vez que aquela lâmina de luz irrompe e o Sol explode a partir dela, uma estrela imaculada momentânea, depois derrama sua luz como um regador virado para inundar a Terra, todas as vezes que a noite vira dia em questão de um minuto, toda vez que a Terra mergulha na noite como uma criatura no oceano e encontra outro dia, dia após dia após dia das profundezas do espaço, um dia a cada noventa minutos, todos os dias novinhos em folha saídos de um estoque infinito, isso os deixa perplexos.

E agora desfilam diante deles aquelas cidades no golfo de Omã, alvejadas pelo alvorecer. Montanhas tingidas de rosa, desertos de lavanda e, mais adiante, o Afeganistão, o Uzbequistão, o Cazaquistão e um círculo nebuloso que é a Lua. Às vezes, quando passam sobre o Cazaquistão, é difícil assimilarem direito o fato de que foi de lá que saíram da Terra e é por ali que vão voltar. Que o único meio de chegarem em casa é rasgando a atmosfera em chamas, os vidros escurecidos, rezar para que o escudo térmico dê conta e que os paraquedas e propulsores reversos sejam acionados, para que todas as milhares de partes móveis e em funcionamento se movam e funcionem. É difícil computar que aquela linha sussurrante a que o homem chama de atmosfera é uma coisa que eles precisarão atravessar. Que precisarão queimar e virar uma bola de fogo antes de soltarem o paraquedas e avistarem as relvas e os cavalos selvagens das planícies cazaques.

No seu sono, a tripulação rodou mais um trânsito completo de noventa minutos ao redor da Terra, sua décima quinta órbita das dezesseis do dia. A estibordo agora, a vista é apenas dos Himalaias nevados, que se estendem ao longe como uma estrada, uma estrada aberta, vasta e infinita. Ao sul daquelas montanhas há cidades, Lahore e Nova Délhi, que vão embranquecer até desaparecerem na paisagem em meio à claridade do dia. Devoradas pela topografia de uma natureza que parece desconhecer a raça humana. Apenas aquela cordilheira que leva eternamente ao Sul.

Chegam à Rússia no meio da manhã e sob a luz estridente a Terra é mais uma vez uma bolinha de gude no espaço mais negro. Solitária e frágil agora que suas estrelas e planetas vizinhos não podem mais ser vistos. Porém, lá está ela, mesmo assim, o oposto de frágil. Não há nada na sua superfície impecável que possa quebrar, e é como se não houvesse coisa alguma ali — quanto mais se olha, menos substância há nela e mais ela se torna uma aparição, um espírito santo.

 O globo inteiro passou por debaixo deles e continuará passando. A cada órbita completa, eles se inclinam mais alguns graus para o oeste, e quando a órbita chegar ao norte outra vez, dentro de outros noventa minutos, estarão acima do Leste Europeu, onde mais um dia vai raiar. Mais um novo dia em todos os novos dias. A Terra tem um aro azul e está coberta de neve. A órbita chega quase ao seu ponto máximo ao norte e começa a se arredondar nos limites inferiores do círculo Ártico. Para além, está o polo Norte que nunca dá para ver direito. Descem agora, afastando-se da Rússia, rumo a uma travessia de oito mil quilômetros do Pacífico.

ÓRBITA 16

A essa altura, os astronautas lunares estão a bordo de uma jornada dentro do pequeno dedal que é seu módulo de comando rumo à órbita da Lua. Entram na primeira etapa de seu sobrevoo propulsado. Vocês sabiam, diz a equipe de controle em solo, que o recorde para um único indivíduo atingido pelo maior número de raios acabou de ser quebrado? Eram sete raios, mas na semana passada um homem na China foi atingido oito vezes. Ah, diz alguém da tripulação lunar, por acaso ele anda por aí com um para-raios? As coisas que as pessoas fazem para quebrar recordes, outro responde, dando risada, e a equipe em solo lhes diz que oitenta e quatro porcento dos mortos por raios são homens. Faz sentido, diz uma tripulante. Vida burra, morte jovem. O que aconteceu, aliás, com aquela coisa que vocês contaram para nós ontem à noite, da vaca que atolou na turfa? Foi resgatada, diz a equipe em solo. Ficou o dia inteiro lá, mas aí arranjaram um suporte e uma picape Mitsubishi e tiraram o bicho. Espero que depois ela tenha lhes oferecido um pouquinho de leite por causa disso. Como está a cara da Lua aí onde vocês estão? Parece sombria e cinzenta como um velho gordo, dizem. Parece meio surrada, mas mesmo assim receptiva. Quase dá para ver onde vamos pousar quando chegarmos ao polo Sul. É mais assombrosa do que poderíamos ter imaginado. Vamos botar vocês lá, sãos e salvos, dentro das próximas nove horas, a equipe em solo lhes diz. Se Deus quiser e com um bom vento nas nossas velas, outro diz, e acrescenta: Todo esse esforço para salvar uma vaca.

Olhando de fora, é possível vê-los contornar uma trilha artificial, há muito tempo intocada, entre duas esferas rodopiantes. É possível ver que, longe de ser uma aventura solitária, eles navegam por um enxame de satélites, uma nuvem de mosquinhas fervilhando de coisas em órbita, duzentos milhões de objetos arremessados. Satélites em operação, ex-satélites estourados em pedacinhos, satélites naturais, lascas de tinta, substâncias para refrigerar motores, congeladas, os estágios superiores dos foguetes, pedaços da *Sputnik 1*, da *Iridium 33* e da *Kosmos 2251*, partículas emitidas por foguetes, um kit de ferramentas perdido, uma câmera extraviada, um par de pinças que caiu e um par de luvas. Duzentos milhões de coisas orbitando a quarenta mil quilômetros por hora, desgastando o verniz do espaço.

Olhando de fora, é possível ver a espaçonave lunar pisando na pontinha do pé para abrir caminho em meio a esse campo de tranqueiras. Sua trajetória é negociada em meio a uma órbita terrestre baixa, o trecho do sistema solar mais movimentado e poluído, e com uma injeção translunar ela dá uma forçada e segue seu trânsito rumo à Lua, onde é menos cheio de lixo e o caminho é mais tranquilo. Uma escapadela a todo vapor no seu foguete de bilionário, acima e além, além dessa tranqueirada, além da Terra que parte e queima, cintila e trovoa como quem foge da cena de um crime. Além do tufão bruto que arranca e arremessa tudo e as casas descendo as estradas transformadas em correntezas e a calamitosa ruína impossível de mensurar. Além do planeta refém de humanos, uma arma apontada para seus sinais vitais, vacilando de leve na sua órbita inclinada, longe do deserto virgem à venda, esse novo ouro negro, esse novo domínio pronto para ser explorado. Atravessando esse relvado do espaço de quase meio milhão de quilômetros.

Aqui dormem Anton, Roman, Nell, Chie, Shaun e Pietro em módulos tubulares diariamente saraivados e atingidos e cheios de amassados. Estão pendurados como morcegos nos alojamentos. Anton acorda brevemente com o punho contra a bochecha. A primeira e única coisa em que pensa é na nave a caminho da Lua, acompanhada pela sensação perfurante de uma alegria infantil que estoura feito uma bolha enquanto ele cai no sono outra vez. No monitor de Pietro, preso aos equipamentos perto da sua cabeça, surge uma mensagem silenciosa da esposa, com um link para uma notícia sobre a terrível destruição causada pelo tufão, que vai ficar lá até de manhã sem ser lida. Uma mensagem não lida na tela de Shaun também, com o vídeo de um bode pulando num trampolim enviado pela filha, sem nenhuma legenda exceto *<3 VC!*

Os módulos estão cobertos e escuros. A estação de trabalho robótica, o treinador de resistência, os computadores com as listas de tarefas da tripulação para o dia seguinte que a equipe em solo está enviando agora; as câmeras e microscópios, as pilhas de sacolas de carga, as câmaras de contenção para experimentos, o laboratório de bioprodutos e seu módulo de ratos, o *lago* onde suas sacolas com água são guardadas, os repolhos e brotos de ervilha de Anton, os trajes na câmara de vácuo, fantoches humanos que se balançam toscamente e emanam o cheiro de queimado do espaço.

São quase cinco da manhã, e Roman sabe que, nessa faixa do espectro de luz durante seu sono pré-despertador, eles agora darão a volta em algum lugar perto do Turcomenistão, do Uzbequistão, o que significa que o sudoeste da Rússia estará distante a bombordo, aquele gancho em destaque entre os mares Negro e Cáspio. Ao longo da noite, as cidades dormiram sob a primeira neve fina da estação — Samara e Tolyatti nas margens empanturradas do Volga, uma serpente negra que rasteja pesadamente em meio à alvura.

É como se cada órbita estivesse codificada dentro dele. Está aqui em cima já faz quase meio ano e sabe os caminhos que eles traçam sobre a Terra, uma procissão de órbitas, seus padrões repetidos. Mesmo enquanto dorme, Anton tem uma consciência remota do sol reluzindo nas cúpulas douradas da catedral de Tolyatti — um flash de luz que parece surgir do nada. Um pouco mais ao sul a forma triangular de Volgogrado, avistada de cima quando pegaram o voo da Cidade das Estrelas até o Cazaquistão para o lançamento; ao avistar Volgogrado do avião, você sabe que está perto da fronteira do Cazaquistão, deixando a Rússia e tudo e todos para trás.

A rachadura que apareceu lá fora cedeu um ou dois milímetros. Envia fissuras que refletem amplamente o mapa aéreo das confluências do Volga. Não está muito longe da cabeça de Roman, essa rachadura, do outro lado da tênue casca de ligas metálicas, e não há remendo de epóxi e fita Kapton que possa dar conta. A pressão no módulo russo decai apenas um pouquinho, uma fração quase imperceptível, não o suficiente para fazer soar qualquer alarme, e os relógios seguem com suas voltas contando o tempo até a hora de acordar e o começo de mais um dia artificial e atribulado.

Quando se atravessa a espaçonave até sua popa, passando por escotilhas que vão ficando cada vez menores e por módulos cada vez mais velhos, e se chega aqui ao decrépito bunker soviético bem no final, onde dormem Anton e Roman, então se avista a mesa ainda cheia de coisas do jantar passado (um mau hábito dessa tripulação isso de deixar a limpeza para o dia seguinte) — há umas colheres coladas com velcro e, presos ao lado delas, dois sachês de azeitonas vazios, embalados a vácuo, sachês agora recheados com guardanapos sujos de *borscht*, há quatro migalhas de caramelo crocante de mel que rodam ociosas, presas por enquanto num equilíbrio de forças entre as saídas de ar do módulo que as empurram numa direção e as saídas de ar da espaçonave que as empurram em outra, e embaixo de onde estão flutuando há uns pacotes fechados de cubos de pão pregados na parede.

A uns trinta centímetros mais ou menos além daquelas quatro migalhas em suspensão está a fotografia do herói de Roman, Serguei Krikalev — magro, bem-arrumado e indecifrável, com orelhas pequenas e olhos azuis, uma leve melancolia no rosto, um toque do sorriso de Mona Lisa. Foi ele, Krikalev, um dos primeiros dois humanos a subirem aqui nesta nave e foi ele quem, pela primeira vez, acendeu as luzes que extravasaram das janelas, derramando-se na escuridão nua.

Ele parece saber que algo está se aproximando do fim, que tudo que é bom segue por esse caminho, rumo à fratura e dissipação. Tantos astronautas e cosmonautas passaram por aqui, esse laboratório orbital, esse experimento científico cuidadosamente controlado de nutrição da paz. Está para acabar. E vai acabar em meio ao incansável espírito de realização que possibilitou tudo isso, para começo de conversa. Ir além, cada vez mais longe e mais a fundo. À Lua, à Lua. A Marte, à Lua. Mais longe ainda. O ser humano não foi feito para ficar parado.

Talvez sejamos os novos dinossauros, e é importante ficarmos de olho. Contudo, talvez, contra todas as probabilidades, a gente acabe migrando para Marte, onde começaremos uma colônia de mantenedores zelosos, pessoas que vão querer manter vermelho o planeta vermelho, vamos elaborar uma bandeira planetária, porque é uma coisa que faltava para nós na Terra, e vamos nos perguntar se não foi por isso que tudo caiu aos pedaços, e vamos olhar atrás para aquele pálido ponto azul que é nossa Terra convalescente e dizer, Vocês se lembram? Já ouviram as histórias? Talvez haja algum outro planeta parental — a Terra foi nossa mãe e Marte, ou outro lugar, será nosso pai. Afinal de contas, isso de sermos futuros órfãos não é tão verdadeiro assim.

Krikalev parece olhar da sua fotografia como um deus admira sua criação, com uma tolerância paciente. A humanidade é um bando de marinheiros, ele pensa, uma irmandade de marinheiros lá fora nos oceanos. A humanidade não é esta ou aquela nação, é tudo junto, sempre juntos, venha o que vier. Ele se senta na sua imobilidade atemporal em meio à perpétua vibração maquinal de oitenta decibéis do módulo, enquanto ao seu redor as paredes verdes e inflamáveis, coladas de velcro, se fecham, sem ar. E a cada dia e semana, a rachadura no casco se alarga e o sorriso de Krikalev parece mais e mais orgulhoso e mais e mais divino.

Faça-se a luz, ele parece estar dizendo em silêncio.

Quarenta ou cinquenta corpos estão abrigados atrás do altar de uma capela acocorada no chão entre as árvores. A água da enchente chegou até o telhado. O quilômetro e meio de plantação de cocos entre esse ponto e a costa se vê completamente submerso pela invasão das marés, mas as árvores formam um tampão, o que salvou a capela; não há janelas na elevação leste, que dá para o oceano, e é assim de propósito, por isso aqueles que estão nas outras partes foram poupados até o momento. A porta da capela sofre, mas tem segurado a barra contra o peso das águas. As paredes de concreto racham, mas seguram a barra também. Lascas de gesso caem do teto sob as madeiras arqueadas. Um tubarão morto passa pela janela da frente. O vento está baixando. As pessoas no interior da capela não o ouvem mais bater contra o telhado. Se a construção puder segurar a enxurrada durante mais algumas horas até a água recuar, todos vão sobreviver. Eles rezam.

 É o Santo Niño que os está salvando, é no que eles querem acreditar. Até os menos ou nada religiosos pensam assim agora. Reunidos ao redor dessa pequena efígie bordada do menino Jesus, rezando e rezando, rezando durante horas, eles se afastam do oceano que se inclina contra as janelas, sussurram, murmuram e se abraçam, imaginando que o que testemunham é um milagre. Não sabem de que outro modo seria possível que essa construção ainda pudesse estar de pé. Não é possível. Construções muito maiores e mais robustas devem ter desabado em meio à devastação causada por esse tufão, mas se o Santo Niño na sua caixa de vidro permanecer intacto, então eles mesmos também permanecerão. Eles o tiraram do suporte e se amontoaram ao seu redor, não ousam se mexer; de algum modo, alguns dos filhos deles, que até pouco gemiam de medo, agora se veem no quinto sono.

A esposa do pescador segura uma das crianças em cima das pernas cruzadas, no colo, e outra apoiada contra o corpo. As outras duas crianças estão adormecidas, aninhadas com a cabeça contra o colo do pescador, a mão direita repousando em silêncio sobre uma das testas, a esquerda na outra. A esposa tem um corte num dos ombros, de uma chapa de metal que a atingiu enquanto fugiam. Ela o suporta sem reclamar. Uma luz úmida de outro mundo preenche a capela, o cheiro de salmoura e madeira molhada. As crianças estão a salvo. O mar parou sua investida e agora queda exausto. O vento está baixando.

Do espaço, as Filipinas e a Indonésia estão embrulhadas agora numa mortalha de finos arranjos de nuvens em múltiplos vórtices e marés que logo serão empurrados para o oeste. O tufão se espatifou todo em pedaços contra a terra. As ilhas estão menores do que eram várias horas atrás, deformadas pelas enchentes. O pior já passou.

Da passagem leste, uma frente radiante de calor implacável chega do Pacífico, e, vista da última descida a partir dessa décima sexta órbita, ela é um glorioso acobreamento de luz dissolvida. Não é água, não é terra, são apenas fótons, não se pode apanhá-los, não podem perdurar. Ela começa a se desfazer conforme a noite cai, íngreme, sobre essa porção do Pacífico Sul.

Um dia, daqui a uns anos, naquele exato mesmo local no Pacífico pelo qual ela está passando agora, essa nave sairá graciosamente de órbita, com uma reverência, e despencará pela atmosfera, até cair no oceano. Submarinos descerão para explorar seus destroços, mas isso será daqui mais umas trinta e cinco mil órbitas. Essa órbita atinge sua extremidade mais profunda onde as auroras bruxuleiam na Antártica e a Lua emerge, imensa, como a roda presa de uma bicicleta. São cinco e meia da manhã. Manhã de quarta; dia do pouso lunar. As estrelas explodem.

Lá fora, vibrações eletromagnéticas mandam ondulações pelo vácuo na medida em que os corpos no espaço emitem luz. Se essas vibrações forem traduzidas em sons, então os planetas possuem, cada um, sua própria música, o som da sua luz. O som dos seus campos magnéticos e ionosferas, seus ventos solares, as ondas de rádio presas entre o planeta e sua atmosfera.

O som de Netuno é líquido e fluido, uma onda a se quebrar na praia durante uma tempestade ululante; o de Saturno é o estrondo sônico de um jato, um rumor que entra em ressonância pelos pés e chega até o entremeio dos ossos; os anéis de Saturno têm suas diferenças ainda por cima, um vendaval que passa por um prédio abandonado, mas num compasso mais lento e distorcido. Urano é um guincho elétrico e frenético. A lua de Júpiter, Io, emite o zumbido metálico e pulsante de um diapasão.

E a Terra, uma complexa orquestra de sons, o ensaio de uma banda desafinada de serras e instrumentos de sopro, uma distorção espacial de motores a todo vapor, uma batalha na velocidade da luz entre tribos galácticas, um ricochete de trinados durante a manhã úmida de uma floresta tropical, os compassos iniciais de um transe eletrônico e, embaixo de tudo isso, um ruído a zumbir, o ruído reunido numa garganta oca. Uma harmonia desastrada que toma forma. O som de vozes muito distantes se reunindo num coral de missa, sustentando uma nota angelical que se expande em meio à estática. Era de se pensar que ela fosse começar a cantar de repente, assim como emerge o som de um coral, repleto de intenção, e então essa conta de vidro polido que é o planeta soa, momentaneamente, tão doce. Sua luz é um coral. Sua luz é a sinfonia de um trilhão de coisas que se congregam e se unificam por breves instantes antes de recaírem de volta no retintim e no tombar embaralhado de flautas de estática galáctica no transe tropical de um selvagem e cadenciado mundo.

AGRADECIMENTOS

Agradeço à NASA e à ESA pela riqueza de informações que me foi disponibilizada. E, por todo o apoio que foi um verdadeiro presente para mim: à Society of Authors, à Santa Maddalena Foundation, a Yaro Savelyeva, Paul Lynch, Max Porter, Nathan Filer, Al Halcrow, Seren Adams, Dana Friis, Rick Hewes, Anna Webber, Elisabeth Schmitz, David Milner, Michal Shavit e Dan Franklin (por ter me deixado ir tão longe assim) — muito, muito obrigada.

FONTES
Fakt e Heldane Text
PAPEL
Pólen Bold
IMPRESSÃO
Lis Gráfica